诗人与诗

屈原

虽九死其犹未悔

吴修丽——编著

河海大学出版社
HOHAI UNIVERSITY PRESS
·南京·

图书在版编目（CIP）数据

屈原 ： 虽九死其犹未悔 / 吴修丽编著. -- 南京 ： 河海大学出版社， 2021.10

（诗人与诗 / 李路主编）

ISBN 978-7-5630-7115-9

Ⅰ. ①屈… Ⅱ. ①吴… Ⅲ. ①楚辞－选集②屈原(约前340-约前278)－人物研究 Ⅳ. ①I222②K825.6

中国版本图书馆CIP数据核字(2021)第148526号

丛 书 名 / 诗人与诗
书　　名 / 屈原：虽九死其犹未悔
QUYUAN:SUI JIUSI QI YOU WEIHUI
书　　号 / ISBN 978-7-5630-7115-9
责任编辑 / 毛积孝
丛书主编 / 李　路
特约编辑 / 吴　浩
特约校对 / 李　萍
装帧设计 / 刘昌凤
出版发行 / 河海大学出版社
地　　址 / 南京市西康路1号（邮编：210098）
电　　话 /（025）83737852（总编室）
/（025）83722833（营销部）
经　　销 / 全国新华书店
印　　刷 / 三河市元兴印务有限公司
开　　本 / 660毫米×960毫米　1/16
印　　张 / 16.25
字　　数 / 215千字
版　　次 / 2021年10月第1版
印　　次 / 2021年10月第1次印刷
定　　价 / 69.80元

目录

屈原的生平与创作

屈原的生平 003

创作与艺术成就 016

屈原作品选

卜居 025
大招 029
九歌·东皇太一 044
九歌·云中君 047
九歌·湘君 050
九歌·湘夫人 054
九歌·大司命 058
九歌·少司命 062
九歌·东君 066
九歌·河伯 069
九歌·山鬼 072
九歌·国殇 075
九歌·礼魂 078
九章·惜诵 080
九章·涉江 088
九章·哀郢 094
九章·抽思 101
九章·思美人 108

九章·惜往日 115
九章·橘颂 122
九章·悲回风 126
九章·怀沙 134
离骚 140
天问 177
渔父 215
远游 218
招魂 233

屈原的生平与创作

屈原的生平

在文坛上，有这样一位诗人，开楚辞之先河，立离骚之前韵，开辟了“香草美人”的传统，流芳文坛两千余年不晦；在庙堂中，有这样一位臣子，忠君爱民，变法强国，几度放逐，仍能坚守初心，誓以身死践“美政”；在草野间，有这样一位君子，虽谪居幽处，却无时无刻不保持操守，谨循美德，不与世俗同流合污。

这个人就是屈原。屈原约生于公元前 340 年，卒于公元前 278 年，战国末期楚国归乡乐平里（今湖北省秭归县屈原乡屈原村）人。

一、身披祥瑞兆，少年志气高

屈原是楚武王熊通之子屈瑕的后代，出身贵族的他，就连出生的时间都带着祥瑞之兆。

“摄提贞于孟陬兮，惟庚寅吾以降。”（《离骚》）就是说屈原的出生时间刚好是寅年寅月寅日。在古人的观念里，这样的生辰八字是少有的清贵命格，命格强大，主才艺卓著。

屈原姓芈，名平，字原，“屈”是他的氏。又《离骚》有“名余曰正则兮，字余曰灵均”句，可知屈原又名正则，字灵均。“正则”“灵均”都是公正、公平的意思，这也寄托了父亲对他的美好期望。

屈原与楚国王室是同族，身份尊贵，但也因此为他悲剧的一生埋下了伏笔。在那个战乱的年代里，仁人志士在各国之间游走，追随明主以施展自己的政治抱负，是十分寻常的事情。但屈原不同，和楚国王室的这一层联系，似乎注定了他的一生都将和楚国绑定在一起，他的才华也只能为楚国的富强而施展。

楚国的王室是熊氏，而屈原是屈氏，屈氏经历了几百年的子孙繁衍，这其中必然有显贵的、也有贫贱的。屈原虽然拥有贵族的身份，但事实上家庭条件并不显赫。在《惜诵》中，屈原曾痛惜自己被君王疏远：“思君其莫我忠兮，忽忘身之贱贫。”此处屈原用了“身之贱贫”一词，表明他的家庭条件确实不富裕，在朝廷中也没有什么强大的势力可以依靠。

少年时期的屈原一直居住在乐平里。这里远离朝堂，民风淳朴，屈原从小就乐于生活在平民之中。而且，由于受到家庭的影响，屈原十分同情贫苦的百姓，深知百姓疾苦。即使后来从政，屈原也时刻忧心民众，做了许多体恤民众的好事。

屈原很早就明确了自己从政为民，报效国家的志向。因为有王室同族这一身份在，屈原从小便有机会接受良好的教育。他天资聪颖，又肯吃苦，在同龄的孩子还在玩泥巴的时候，我们的小屈原已经在刻苦学习了，小小年纪便已博览群书。

屈原十分爱好读书，常常书不离手，连家人都担心他太用功会影响休息。因此，屈原经常要躲着家人，偷偷地读书。在读《诗经》的时候，他就常常不顾家人的反对，偷偷躲到山洞里读，即便是刮风下雨、天寒地冻的日子也不曾松懈。经过整整三年，屈原熟读了《诗经》中的诗篇，积累了丰富的阅读经验。这也为后来他的诗歌写作打下了基础。

除了熟读《诗经》，屈原的书单可是十分广泛的，不论是讲治国良策的典籍，还是讲民俗俚语的册子，屈原都会细细研读。据传，巴山野老听闻屈原爱书，曾经在深夜前往屈原所在之处，打算考考他，但是屈原并没有畏惧眼前的老人家，反而饶有兴致地同他交谈，与其一见如故。

也许是平日里难得遇到如此博学之人，屈原把自己平日看书遇到的疑问一股脑儿地倒给了这位老人家，而老人家则引经据典，耐心地为他答疑解惑。就这样，两个人越谈越觉得投缘，不知不觉间天已经微微亮了。老人家即将远游，临行前，交给屈原一个袋子，让他帮自己保存，却未说明袋子里是什么，只言明：待远游回来再取，逾期未归则请屈原自行处置。屈原保存了数月，仍然不见老人家来取，好奇地打开一看，袋子里面竟然是各种珍贵的书籍，很多都是屈原一直想看却找不到的。屈原这才恍然大悟，当夜来访的老人家就是巴山野老，而这些珍藏的书籍就是他给自己的礼物。

二、才华初显露，变法以图强

屈原的一生经历了楚威王、楚怀王、楚顷襄王三个王朝。而他的主要政治活动和创作活动则是在楚怀王和楚顷襄王时期。

现在大家提到屈原，首先会想到他是中国历史上的一位伟大的爱国诗人，但其实他还是战国时期楚国著名的政治家。

公元前 321 年，秦军南下犯楚，年仅 19 岁的屈原挺身而出，组织乐平里的青年奋力抗击。事实证明，屈原不仅诗歌写得好，他还有着出众的军事才能。在这次战役中，他十分巧妙地利用各种战术，机智果断地给秦军以沉重打击。而他在此次作战中表现出来的非凡的军事才能，引起了楚怀王的注意，这才有了后来的被起用。

公元前 320 年仲春，楚怀王召见屈原进京（郢都）。从此，屈原走上了从政之路。虽然刚开始只是在鄂渚担任一个县丞的小官职，算不得重用，但初入政坛的屈原才能出众，很快就获得楚怀王更深的信任与赏识。次年，屈原便得到了楚怀王的提拔，官升左徒，当时这可是仅次于宰相的大官啊。

不仅如此，同年秋天，屈原还首次以外交官的身份出使了齐国。以其舌辩之才，终于说服齐国和楚国结盟，共同抗秦。公元前 318 年，楚、魏、赵、韩、燕五国联兵攻秦，屈原也随军而前。

司马迁在《史记·屈原贾生列传》中这样描述道："入则与王图议国事，以出号令；出则接遇宾客，应对诸侯。"此时的屈原也不过 20 多岁，便能得到楚怀王如此的信任和重用，掌管楚国的内政外交，真可谓少年得志啊。

楚怀王初继位时，楚国靠着地大物博，表面上在各国中尚且占据优势，但实际上已经内忧外患了。一方面国内奸佞横行，庞大而腐朽的贵胄坐享祖先的功禄，结党营私，惑乱朝纲，不断消耗着楚国的国力。另一方面，楚之邻国秦国通过一系列的变法，迅速崛起，称霸之势日盛，不断威胁着楚国的安危。

楚怀王看到自己的邻国经过变法后逐渐强大，也心生了变法强国的意愿，因而决定重用屈原，实施变法改革。

能得到君主如此的信任与重用，屈原对楚怀王充满了感激：终于可以大展拳脚，施展抱负，践行自己的政治理想了。但只要变法，就必然会威胁到楚国贵胄们的利益。前有本国吴起变法的前车之鉴，在楚悼王死后，没了靠山的吴起被射杀；后有秦国的商鞅变法，在惠文王继位后，商鞅立马落得个五马分尸的下场。这些变法者的悲惨下场，屈原早已了然于胸，但屈原还是毅然担起了这项重任，因为此时的楚国要想在弱肉强食的战乱时代中保全自己，就必须进行一场变法革新，以实现强国。这既是楚怀王交给屈原的任务，也是屈原一生的政治理想。

屈原的变法主要分为两个方面：对内，他积极辅佐楚怀王变法图强；对外，他坚决奉行合纵，主张联齐抗秦。

公元前 317 年，屈原受楚怀王之诏命，在继承先人的变革基础之上，为实现“国富强而法立”的政治愿望，主持了草宪变法。屈原通过健全楚国的法律，使各种制度都能有明确的法律保障。依据楚史专家汤炳正的考证，屈原的变法主要在奖励耕战、举贤能、反壅蔽、禁朋党、明赏罚和移风易俗六个方面。

通过奖励耕战，民众不论是耕田务农，还是参军作战，都有了奔头，民众的积极性得到了极大的激发。奖励耕田让农民们务农的积极性提高了，国家的赋税也增加了，从而实现了国富民富；奖励战功让官兵们为了得到封赏，更加英勇地作战，心甘情愿地为国赴汤蹈火。

通过举贤能，君王的身边聚集了越来越多有才干的贤能之人，他们一起为楚国的富强出谋划策，振兴楚国。

通过反壅蔽，精简机构，破除了君臣之间的沟通障碍，使君王的命令、政策能够更快更准确地传达到各府衙和百姓中去，推行的政策也能更快更好地得到施行。同时，百姓的意愿也有了能反馈到君王这里的渠道，君王更加了解民生疾苦，打破被奸佞谗言包围的态势，做到不偏听、不偏信。

通过禁朋党，楚国内部旧势权贵的腐败状况得到了改善，并且以法律的形式约束了结党营私、胡作非为、贪污不法、祸国殃民等腐败行径。

通过明赏罚，屈原集合兵家、法家的精华，独成一体，主张法治，用严格的法律条令来约束将士们的功过，管理军队建设。有战功者赏，有过错者罚，既严肃了法度，也鼓励了战功。

通过移风易俗，修明法度，楚国积病已久的社会恶习得到了相应的管制。屈原用法律的形式来取缔不正之风，从整体上改善了楚国的风气。

随着屈原的变法改革不断深化，楚国一度出现了国富兵强的局面，民心沸腾。如果按照这个形势发展下去，楚国的强大指日可待。但变法救国之路并没有想象中那么顺利。

三、一朝被谗毁，从此多险途

屈原的变法取得了显著的成就，令他一时名气高涨。君王的宠信、人民的爱戴，在给屈原带来了荣耀的同时，也为他招来了灾祸。一方面，屈原受到楚怀王的器重，主持变法，高涨的人气自然会引起一大帮楚国贵胄与老世族的嫉妒。另一方面，屈原的变法虽然得到了楚国普通民众的支持，但是却动了楚国老世族等利益集团的奶酪，大大冲击了他们在朝野内外的盘踞势力，必然引起了他们的憎恨。

本来这群守旧势力还想着拉拢屈原，毕竟都是王公贵族，怎么能为平民谋利益呢？但在屈原心中，变法强国势在必行，根本不愿意同守旧势力狼狈为奸。守旧势力想要拉拢屈原的阴谋失败了。

既然拉拢不成，那就诋毁迫害，以靳尚为首的守旧势力开始在楚怀王面前大肆攻讦与谗毁屈原，誓要将屈原置之死地。而楚怀王竟然听信谗言，不辨然否，疏远屈原，导致君臣嫌隙。

《史记 · 屈原贾生列传》载：怀王使屈原造为宪令，屈平属草稿未定，上官大夫见而欲夺之，屈平不与，因谗之曰："王使屈平为令，众莫不知。每一令出，平伐其功，曰以为'非我莫能为也'。"王怒而疏屈平。

屈原奉楚怀王之令制定法律，刚拟出草稿，还没定稿，却被上官大夫看见了想要夺去修改，屈原不给，上官大夫便向楚怀王谗言：“大王让屈原制定法令，这是无人不知的，但每次法令发出，屈原却抢着说是自己的功劳，还炫耀称：‘除了我，没有人能做到。’”楚怀王因此大怒，从此疏远了屈原。

自古以来，没有哪一位变法者能够避免与守旧势力的斗争，而且大多数变法者最后的结局都不怎么好。屈原的变法在前期得以推进，很大程度上是得益于楚怀王对屈原的宠信与支持，而这种宠信与支持是十分脆弱的。除了楚怀王，屈原的变法根本没有得到任何来自自己氏族的帮助，更不要说其他两大氏族了。在楚国三大氏族盘踞的朝野中，屈原的变法之路必然寸步难行。毕竟，此次变法所触动的主要就是楚国三大氏族的利益，他们又怎会轻易放过屈原。

公元前 314 年，楚怀王听信上官大夫靳尚等人的谗言，将屈原罢黜，由左徒贬为三闾大夫。三闾大夫只是个主持宗庙祭祀、兼管教育的闲职，没有半点实权，屈原在朝廷被完全架空了。但楚国的这帮老世族觉得这还不够，认为只要屈原还待在都城内，那就有可能再次被楚怀王任用，必须将他赶出都城，越远越好。

于是，在这帮佞人的多次屡次诋毁后，楚怀王还是放弃了屈原。公元前 313 年，屈原被流放到了汉北地区（今河南西峡、淅川、内乡一带）。这也是屈原第一次遭遇放逐。

屈原“遭谗人而嫉之”，若是楚怀王坚决信任屈原，倒也尚可。但曾经信任自己、重用自己的君王，此时却“弗参验以考实兮，远迁臣而弗思。信谗谀之溷浊兮，盛气志而过之。”（《九章·惜往日》）再加上屈原“忘儇媚以背众兮”（《九章·惜诵》），不愿与谗佞小人为伍，他与楚怀王之间沟通的渠道被阻断，根本无法将自己的心声直白给王上。心中郁闷的屈原无处倾诉，只能空自叹息：“纷逢尤以离谤兮，謇不可释。情沉抑而不达兮，

又蔽而莫之白。”（《九章·惜诵》）

直至晚年，屈原在回忆中也依然悲愤不已，痛惜道：“何贞臣之无罪兮，被离谤而见尤。”（《九章·惜往日》）对于楚怀王的“背叛”，屈原一生都在期盼着自己的王上能够早日醒悟，重新任用自己，让自己再次施展才能，救楚国于危难。只可惜，屈原生不逢时，漂泊与困顿几乎伴随了他余生。他虽然心中愁闷，但也乐观豁达。“与前世而皆然兮，吾又何怨乎今之人！余将董道而不豫兮，固将重昏而终身！”（《九章·涉江》）自古以来忠贤之人往往遭遇不幸，“我”又何必去怨恨现今的君王呢？只愿能始终坚守心中正道，不屈从世俗。

楚怀王轻信谗言，盛怒而罢黜屈原后，变法之事也随之流产。这也让秦国钻了空子，趁机拆散了楚齐两国的联盟。

公元前 313 年，张仪受秦惠文王之托，带着大批的财宝来到楚国，请求面见楚怀王。但是，张仪此行可不是真心来与楚国交好的，他的目的是要破坏楚齐联盟。秦国虽然国力日益强盛，比起楚国也稍占优势，但如果楚齐两国联手，秦国必然处于下风。此时的秦国正准备攻打齐国，楚国作为齐国的盟国，必然会帮助齐国共同抗秦。因此，离间楚齐两国，破坏联盟，便成了秦惠文王的头等大事。

张仪一到楚国，还没面见楚怀王，就先把其身边的贵族们贿赂了个遍，目的就是让他们在楚怀王面前支持自己。果然，当他面见楚怀王时就表示，只要楚国愿意与齐国绝交，秦王就愿意把商於（今河南淅川、内乡一带）方圆六百里的土地作为报酬，奉送给楚国。面对这么大的诱惑，楚怀王不心动是不可能的，但心中还有些犹豫。这时，朝堂上早已被张仪贿赂的那些贵族们，一个个谄媚怂恿，纷纷要求与齐国绝交。楚怀王再也禁不住诱惑了，满口都是答应。

当时朝堂上的陈轸看出了这其中的阴谋，极力反对。但楚怀王此时已被近利冲昏头脑，根本不理睬陈轸，当下就宣布和齐国绝交。随后，便派遣使臣跟随张仪到秦国去接受那六百里地。可是张仪的言辞都是欺骗楚怀王的计策，怎会真给楚国六百里地。于是，张仪假装从车上跌落，对外宣称受了重伤，三个月不能上朝，也拒绝会见楚国的使臣。楚国的使臣在秦国待了好几个月，可这六百里地却迟迟不能兑现。

楚怀王听到这个消息后，自作聪明地认为是秦王责怪自己和齐国绝交不坚决，于是又派人到齐国去辱骂齐王。齐王自然十分生气，当即与楚国撕毁联盟约定，转而与秦国建立了邦交。

但此举真的就要来了六百里地了吗？并没有。后来张仪看到楚国与齐国确实撕破脸了，这才去上朝了，但会见楚国使臣时，竟然说准备送给楚怀王的是自己的六里封地，并非楚国使臣口中的商於六百里土地。

直到此刻，楚怀王才明白过来，自己是上了张仪的当了。盛怒之下，楚怀王直接兴兵攻秦。而秦国也发兵反击，在丹水和浙水一带大破楚军，直接杀了楚军八万人，俘虏了楚国大将屈匄，还夺取了楚国汉中一带。

听闻楚军节节战败，楚怀王更生气了，于是发动了全国的兵力，直接深入秦地攻打秦国，双方交战于蓝田。此时，魏国探听到了楚国正忙于与秦国作战的情况，趁机袭击了楚国，魏军一路打到了邓地。楚军两面受敌，瞬间就慌乱起来了，只好从秦国撤退。而齐国因为怀恨楚国，根本不愿前来救援，楚国陷入了极端困窘的境地。

楚怀王攻打秦国，本是想挽回面子的，结果两次出兵，两次都被秦国打败了，不但损兵折将，还丢失了汉中等地。

此一役，楚国又是吃败仗、又是丢城池，还和齐国闹僵了，元气大伤。不过，也正因为这次惨痛的教训，楚怀王又想起了屈原的价值，虽然心中仍然疏远着屈原，但是出于一时的权宜之计，他还是重新召回了屈原。公元前 311 年，楚怀王任命屈原出使齐国，以期与齐国重修旧好，缔结新的联盟。

秦国虽然奸计得逞，但仍然害怕楚齐复交，一听楚怀王派了屈原出使齐国，立刻派使臣来楚国，主动讲和，并且答应把汉中的一半地方归还楚国。此时的楚怀王因为被张仪戏耍欺骗，心中的怨恨与怒火还没消，便对秦国的来使表示，自己现在已经不想得到那六百里土地了，只要求秦国把张仪送来治罪。

张仪听闻后，自知楚国的贵族腐朽无能，只要略施小惠让他们为自己说说好话，楚怀王根本无法拿自己怎样。于是，他便向秦王自告奋勇：“以一仪而当汉中地，臣请往如楚。”

到了楚国，他再次用丰厚的礼品贿赂了靳尚之流，同时又让靳尚在楚怀王的宠姬郑袖面前编造谎言，让其为自己辩解开脱。一开始，怀王听说张仪到了楚国，立刻就下令将他关押了起来，准备处死。但接受了张仪贿赂的靳尚马上就对楚怀王说：“张仪是来与楚国交好的，不可杀啊。”楚怀王果然犹豫了。紧接着，宠姬郑袖又在自己的面前日夜哭泣，说：“如果杀死张仪，秦王必然大怒，秦王大怒必然兴兵伐楚，楚国便又要遭殃了。”也许是吃了两次败仗，面对秦国的威压，楚怀王也有后怕，便听信了他们的谗言，释放了张仪。

屈原虽然被召回朝堂，但楚怀王并不打算重用屈原，又怕他在自己耳边慷慨陈词，于是便让他离自己远远的。此时的屈原受楚怀王之命，正在出使齐国，以期建立新的盟约，根本不知道自己的君王再次背叛了自己。楚怀王又一次轻信了张仪的说教，与秦国和好，还决定两国结为姻亲。当屈原从齐国出使回来后，张仪早已离开了楚国。屈原诘问楚怀王为何不杀掉张仪，楚怀王此时也感到后悔，但是再派人去追时，张仪已经回到了秦国境内。

公元前 309 年，齐宣王想到合纵联盟这件事情，所以派使臣到楚国，给楚怀王送了合纵的书信，但楚怀王犹豫不决。此时的屈原虽然仍旧以三闾大夫的官职侍奉楚怀王，但是却不能参与朝政，只能通过昭睢等人力谏楚怀王。好在这次楚怀王未再听信谗言，权衡之后，终于决定不与秦国联合，而改为联合齐国，并与韩国交好。

公元前 308 年，屈原居住在郢都城内，由于无法参与朝政，他索性就设坛教学。其实屈原一直盼望着能够被楚怀王起用，但是很遗憾，秦昭襄王继位后，楚国与秦国的关系好转，屈原彻底失去了楚怀王的信任。

屈原意识到，此时的朝堂早已混乱不堪，朝臣之间更是尔虞我诈："众皆竞进以贪婪兮，凭不厌乎求索。羌内恕己以量人兮，各兴心而嫉妒。"(《离骚》)而君王却昏聩不明，重用奸佞，自己一心为国，直言进谏，却被丢弃在一旁。楚怀王如此执迷不悟，反复无常，屈原根本无法引导，更别说实现美政理想。面对此情此景，屈原再也忍受不了了："宁溘死以流亡兮，余不忍为此态也。"（《离骚》）即使流亡而死，"我"也不愿与这些人同流合污。

公元前 304 年，屈原流浪到了汉北（汉江以上，今河南南阳西峡、淅川一带）。

四、故都已不再，自投汨罗江

公元前 303 年，齐、魏、韩三国因楚国合秦，背叛了盟约，联合攻打楚国。楚怀王派太子横到秦国为人质，请求秦国出兵援救。秦昭襄王命客卿通率兵救楚，击退了三国联军。但是次年，楚国太子横因为私人恩怨与秦国一大夫争斗，杀死了对方，又私自逃回了楚国。由此，秦、楚两国的友好关系破裂。

公元前 301 年，齐国趁楚国与秦国关系破裂，再次联合魏、韩共同伐楚，大破楚师于方城，楚军大将唐昧战死。而此次秦国非但没有援救楚国，还在楚国疲惫之际，屡次进攻楚国。楚怀王害怕齐国会联合秦国一起攻伐楚国，便又将太子横送到了齐国为人质，与齐国求和。

本来秦楚两国的关系已经破裂，但是秦昭襄王一纸书信，再次动摇了楚怀王的决心。公元前 299 年，秦昭襄王邀楚怀王来武关会面。此时，屈原已经从汉北之地返回，他和昭雎等人力劝楚怀王不要赴会："秦虎狼之国，不可信，不如毋行。"而楚怀王的幼子子兰却竭力怂恿父亲前去。楚怀王也是犹豫不决，去吧，怕是陷阱，不去，又怕得罪秦国。结果楚怀王一入武关，就被秦军扣留，劫往咸阳，要求他割让土地。楚怀王不肯屈服于秦国，趁机逃到赵国，赵国却不愿接纳他，他又只好回到了秦国。最后，楚怀王死在了秦国。公元前 296 年，楚怀王的尸体被秦国送回楚国安葬。

楚怀王一朝可以说是楚国盛衰兴亡的转折点。正是由于楚怀王的昏聩不明，听信谗言，外交政策摇摆不定，才致使楚国屡次陷于危险当中。屈原虽有报国之志，却始终未能等来楚怀王的再次重用。

楚怀王困于秦期间，楚顷襄王继位，屈原想要再次施展自己的政治抱负，但是楚顷襄王同样不给他机会。楚顷襄王对屈原很是看不过去，而令尹子兰又屡屡谗毁屈原，导致楚顷襄王完全不信任屈原，直接罢免了他的三闾大夫之职，将他流放到偏僻的江南地区。

"哀南夷之莫吾知兮，旦余济乎江湘。乘鄂渚而反顾兮，欸秋冬之绪风。"（《九章·涉江》）怀着对江南的未知，屈原踏上了流放之路。他从郢都出发，先到鄂渚，然后入洞庭。公元前 295 年，屈原到达长沙，在这楚国始封之地遍览山川形势，甚起宗国之情。

江南之地偏僻，距离郢都也更远了，回城之日更是遥遥无期。尽管如此，屈原依然心怀希望，期待着能够重回君王身边。但现实始终是残酷的，可怜屈原空有满腔报国热血，也只能在一次次的流放中老去。

公元前 278 年，秦国大将白起攻下了郢都，楚顷襄王与那些执政的贵族们只得四处逃窜。在听闻国都沦陷后，六十二岁的屈原彻底绝望了，他日夜思念的故都，今生却再也回不去了。

据说有一天，屈原徘徊在江边，他一边行走一边吟唱，却不知道自己要走向哪里去。此时的屈原已心如死灰，他的脸色十分憔悴，形容也消瘦了，整个人就像行走的骷髅，随时都会被风吹散。

“子非三闾大夫与？何故至于斯？”(《渔父》)渔父看见如此狼狈的屈原，好奇发问。屈原答道：“举世皆浊我独清，众人皆醉我独醒。”（《渔父》）渔父劝屈原，既然“举世皆浊”，为什么不同流合污？

其实，屈原在遭受了一次次的打击迫害，尤其是在看到周围人纷纷变节从俗后，他也曾怀疑自己的坚守是否值得。“欲变节以从俗兮，愧易初而屈志。”（《九章·思美人》）但他最终还是难改初心，九死不悔。屈原回答渔父：“宁赴湘流，葬于江鱼之腹中。安能以皓皓之白，而蒙世俗之尘埃乎？”(《渔父》)在屈原的心中，他宁愿葬身鱼腹，也不愿屈从世俗。

最后，渔父只能笑了笑，划船离去了。渔父可能是在嘲笑屈原顽固不化，也可能是欣慰在这污浊的世间还有如此高洁之人。渔父的想法我们不得而知，但此时屈原的赴死之心却是坚决的。秦军攻破郢都的同年，屈原自沉汨罗江，以身殉国。

创作与艺术成就

所谓政坛失意文坛得意，有才华的人到哪儿都掩盖不住光芒。正是在一次次被放逐的途中，屈原的文学创作灵感大爆发，他将满腹的悲愤与不甘都诉诸诗歌之中：如果不能在现世中实现自己的抱负，那就在诗歌中践行自己的“美政”。从屈原的作品中，我们可以窥探到他从一位贵族少年到政治家、从政治家到文学家、从文学家到诗性哲人的坎坷经历和心路历程。

一、文辞多创新，“楚辞”泽后世

屈原的诗歌被后世整理，辑录在《楚辞》中。《楚辞》辑录了多位作者的作品，其中屈原的作品占据了主要部分。屈原的《离骚》与《诗经》中的《国风》并称为“风骚”，而《楚辞》与《诗经》是中国文学史上的两座里程碑。据《汉书 · 艺文志》载，屈原的作品有赋 25 篇。根据西汉刘向、刘歆父子的校定和东汉王逸的注本，以及历代学者的考订，屈原的作品共有 27 篇，即《离骚》《天问》（各 1 篇）、《九歌》（11 篇）、《九章》（9 篇）、《远游》《卜居》《渔父》《大招》《招魂》（各 1 篇）。也是从屈原开始，中国文学史上第一次出现了以代表作品闻名后世的作家。

屈原作品的出现，打破了《诗经》集体创作的模式，开启了诗人独立创作的先河。而“楚辞”这种全新的诗歌文体，也极大地丰富了诗歌的表现力，为中国古代的诗歌创作开辟了一片新天地。

屈原的作品充满了浪漫主义精神，内容包含了大量奇幻的想象，在《离骚》中，他向重华陈辞之后御风而行，或驱车高举，或停驻徘徊，一会儿周游天宫，自在逍遥；一会儿要求见佳人，却苦无媒人。在《九歌》中他又用巫祝的形象来代替神灵发言。不论是神话传说，还是历史典故，屈原都能信手拈来，神灵、鬼怪、草木、禽兽他都引喻自如。屈原借助神话传说，以上天入地的奇幻想象，来反映他在现实生活中对理想上下求索的孜孜不倦。

同时，屈原又将“赋”“比”“兴”的手法糅合在一起，大量运用“香草美人”的比兴手法，开辟了“香草美人”的传统。“善鸟香草以配忠贞，恶禽臭物以比谗佞，灵修美人以媲于君，宓妃佚女以譬贤臣，虬龙鸾凤以托君子，飘风云霓以为小人。”（《楚辞章句·离骚经序》）屈原将抽象的品德、意识和复杂的现实关系用各种意象生动形象地表现出来，在这些描写花花草草、虫鱼鸟兽的文字中，勇敢地揭示了楚国社会和谐表面下的污浊不堪与重重危机，言有尽而意无穷。

也许是在政治上的处处拘束，屈原在诗歌创作中反而挣脱束缚，大胆创新。不同于前代诗歌的短小篇幅和四字格局，屈原的创作完全跳出了篇幅与语言形式的限制。《离骚》全篇共三百七十三句，有两千四百余字，《天问》也有一千五百余字。虽是长篇巨制，读来却并不觉得冗长拖沓，反而酣畅淋漓，令人回味无穷。以《诗经》为代表的传统诗篇，皆是以四字一句为主要的格局。但是，屈原偏不遵循“旧制”，反而每句五、六、七、八、九字不等，也有三字、十字一句的，形式参差错落，灵活多变。同时他在句首用“汩、搴、……”，句中句尾用“兮、之、于、乎、而……”等语气助词协调音节，增强诗歌的语气和表现力。

无法在政坛施展才志的屈原，只好将自己所有的“离经叛道”都付诸作品之中，反而开创了文坛创作的新风尚，奠定了中国浪漫主义文学的基础。与屈原同时代的辞赋家宋玉、唐勒、景差等人都受到了屈原作品的影响。后世的赋、骈文、乐府诗、唐诗、宋词、元曲和散文，都受到了《楚辞》的影响。

对于屈原的作品，每个时代的人都有着不同的赞誉。司马迁赞扬《离骚》：“其文约，其辞微，其志洁，其行廉。其称文小而其指极大，举类迩而见义远。”（《史记·屈原贾生列传》）刘勰称誉道：“衣被词人，非一代也。”（《文心雕龙·辨骚》）李白称：“屈平辞赋悬日月，楚王台榭空山丘。”（《江上吟》）鲁迅称屈原的作品“逸响伟辞，卓绝一世”，“其影响于后来之文章，乃甚或在《三百篇》（《诗经》）以上”。（鲁迅《汉文学史纲要》）

二、以吾身殉道，以吾文寄心

在历史中，屈原既是一位伟大的爱国诗人，也是一位高洁而纯美的殉难者。在他的作品中，处处都透露着他对理想抱负的追求与不倦。屈原的作品重在表达诗人的内心世界，读他的作品，仿佛能听见来自灵魂深处的呐喊。“亦余心之所善兮，虽九死其犹未悔”（《离骚》），这是我心中所追求的真善美，纵使九死一生，我也绝不后悔。

屈原的作品就是他坚持“美政”理想，与腐朽的楚国贵族们进行斗争的实录。他提倡要遵循古代圣德君王的遗风，主张“举贤而授能兮，循绳墨而不颇”（《离骚》）。在他的作品中，屈原大量举证奴隶傅说、屠夫吕望、商贩宁戚等君明臣贤的典范，认为贤明的君王应当进用贤能，疏远谗佞，让真正有才能的人来治理国家。同时主张“明法度之嫌疑”（《九章·惜往日》），辨明立法，反对世卿世禄，要求限制楚国贵族的权力垄断。

在屈原勾画的政治蓝图中，国家治理的模样应当是：“国富强而法立兮，属贞臣而日娭。”（《九章·惜往日》）国家富强，法度严明，人民安居乐业，君王甚至不用费太多的精力处理朝政，直接托付给忠贞的臣子，自己还能日日娱乐。

但现实中却是：“世溷浊而嫉贤兮，好蔽美而称恶。闺中既以邃远兮，哲王又不寤。”（《离骚》）世道混浊不堪，嫉妒贤能，君王昏聩不明，美好的人才被埋没，奸恶小人却能得到进用。理想的美好与现实的残酷不断冲击着屈原的内心，所有的痛苦与挣扎只能化为一篇篇诗歌宣泄出来。

他一生向往美政，即使遭遇奸佞的谗毁、不被理解的痛苦，也依然坚守高尚情操，“路漫漫其修远兮，吾将上下而求索”（《离骚》）。变法失败后，屈原先是被降职，在郢都担任了三闾大夫的闲职。虽然没有办法在政治上有所施展，但他也没有变节从俗，反而另辟途径。在主持宗庙祭祀，兼管教育期间，他开始整理楚国祀神乐曲，经过加工、润色而编成《九歌》，以神巫的形象来代神表白，展示南楚文化特色的同时，也积极进行自我疏导，表现出面对贬谪时的旷达心境。“固人命兮有当，孰离合兮可为？”（《九歌·大司命》）本来人的命运就有定数，对于人与神的离别聚合，谁又能做的了什么呢？

事实上，面对君王的不信任，屈原并没有真的释怀。在被疏贬官不久后，他又遭遇流放的打击。他的忠诚等待却迎来了被君王流放的结果，内心的郁闷喷薄而出：“曰：遂古之初，谁传道之？上下未形，何由考之？冥昭瞢暗，谁能极之？冯翼惟像，何以识之？”（《天问》）屈原像一位勇士，向天发问，从天文地理到神话历史，一口气问了一百七十多个问题。表面上，屈原是在对天进行质问，是对自然与历史的一种探索求问。而实际上，屈原是在对君王进行质问，是在对社会昏暗进行质问：“天命反侧，何罚何佑？”（《天问》）“何圣人之一德，卒其异方？”（《天问》）上天“罚佑”的依据是什么呢？为什么圣贤之人的品德相同，而他们的结局却不相同？

屈原的创作成了他直陈内心的窗口，他大胆怀疑、执著探索，使用了大量的神话、历史中的奇幻形象，以及先贤明君的事迹。透过人物的命运，屈原抒写着自己命运的波折与世道的不公：“悲时俗之迫阨兮，愿轻举而远游。质菲薄而无因兮，焉托乘而上浮。遭沉浊而污秽兮，独郁结其谁语！”（《远游》）

即便如此，屈原也始终以楚国的兴亡、人民的疾苦为念，希望楚王幡然悔悟，奋发图强，成为中兴之主。即使知道自己的忠贞耿直会招致祸患，他也始终“忍而不能舍也”（《离骚》）。他虽然知道自己的前途将艰险重重，但他心系国家，“恐皇舆之败绩”（《离骚》）。在那个“楚材晋用”的时代，屈原完全可以周游列国，去追求高官厚禄，尽情施展自己的政治才能，但他却始终不肯离开楚国半步。

在一次次的流放中，屈原心中的郁结越来越深，他对故都的思念也同样越来越深。“曼余目以流观兮，冀壹反之何时？”（《九章·哀郢》）他时时刻刻都惦念着能够回到故乡。“涉青云以汎滥游兮，忽临睨夫旧乡。仆夫怀余心悲兮，边马顾而不行。思旧故以想像兮，长太息而掩涕。”（《远游》）即便是高举天际，游历在仙境之中，逍遥自在之时，只是一不小心远远地透过云层瞥见了故乡，他也会悲伤不已，长久地叹息。“羌灵魂之欲归兮，何须臾而忘反。”（《九章·哀郢》）作为漂泊在外的游子，屈原对故乡的思念已经刻入灵魂深处。虽然嘴上总是埋怨君王的昏聩不明，但在灵魂深处依然思念着君王、思念着故乡。

这种对故国的思念之情，在他晚年的著作中表现尤甚：“惟郢路之辽远兮，魂一夕而九逝。”（《九章·抽思》）虽然郢都距离自己那样的遥远，自己也得不到君王的召回，但自己的灵魂在一夜之间依然能多次前往郢都。即便到死，屈原也依然惦念着他的君王、他的故都。

在了解了屈原的一生后，再看他的作品，我们会发现，他的一生是极致追求的一生。我们看到了他对道德节操的追求、对国家美政的不懈奋斗、对文学世界的上下求索、对千秋家国的深情眷念、对宇宙真理的终极追问以及对生命价值的殉道实践。

屈原作品选

卜居[1]

屈原既放[2]，三年不得复见[3]。竭知尽忠[4]，而蔽鄣于谗[5]。心烦虑乱，不知所从。往见太卜郑詹尹曰[6]：“余有所疑，愿因先生决之[7]。”詹尹乃端策拂龟[8]，曰：“君将何以教之？”屈原曰：“吾宁悃悃款款朴以忠乎[9]？将送往劳来斯无穷乎[10]？宁诛锄草茅以力耕乎？将游大人以成名乎[11]？宁正言不讳以危身乎？将从俗富贵以偷生乎[12]？宁超然高举以保真乎[13]？将哫訾栗斯[14]，喔咿儒儿以事妇人乎[15]？宁廉洁正直以自清乎？将突梯滑稽[16]，如脂如韦[17]，以洁楹乎[18]？宁昂昂若千里之驹乎[19]？将氾氾若水中之凫乎[20]，与波上下，偷以全吾躯乎？宁与骐骥亢轭乎[21]？将随驽马之迹乎[22]？宁与黄鹄比翼乎[23]？将与鸡鹜争食乎[24]？此孰吉孰凶？何去何从？世溷浊而不清，蝉翼为重，千钧为轻[25]；黄钟毁弃[26]，瓦釜雷鸣[27]；谗人高张[28]，贤士无名。吁嗟默默兮[29]，谁知吾之廉贞！”詹尹乃释策而谢[30]，曰：“夫尺有所短，寸有所长，物有所不足，智有所不明，数有所不逮[31]，神有所不通。用君之心，行君之意，龟策诚不能知事[32]。”

◇注释

[1] 卜居：通过占卜来决定自己该怎么处世。卜，占卜，以卜决疑。居，处世的方法与态度。

[2] 既放：已经被放逐，指屈原被流放汉北之时。放，流放，放逐。

[3] 复见：指再见到楚王。见，指朝见。一作被召见。

[4] 知：通“智”。

[5] 蔽鄣于谗：指谗人的诽谤之言把自己与楚王阻隔了。蔽鄣，遮蔽、阻挠。谗，诽谤。

[6] 太卜：掌管卜筮的官。郑詹尹：太卜的姓名。

[7] 因：依靠，凭借。

[8] 端策：把蓍草放端正，喻指仔细地数蓍草。策，占卜用的蓍草。拂龟：拂去龟壳上的灰尘。

[9] 宁：宁愿。悃（kǔn）悃款款：诚实勤恳的样子。

[10] 送往劳来：送往迎来，指应酬。劳，慰劳。

[11] 游大人：游说于达官贵人们之中。游，游说。大人，指达官贵人。

[12] 偷生：贪生。

[13] 超然：高超的样子。高举：远离世俗。保真：保持纯真的本性。

[14] 哫（zú）訾（zǐ）：以言献媚，阿谀逢迎。栗斯：与“哫訾”同义，指阿谀奉承。栗，恭谨，恭敬。斯，语助词。

[15] 喔（wō）咿（yī）儒儿：强颜欢笑的样子。喔咿，喔喔咿咿，言辞不定的样子。儒儿，即嗫嚅，想说又不敢说的样子，形容一种屈己从人的态度。妇人：指楚怀王的宠姬郑袖，她与朝中重臣上官大夫等人联合排挤谗毁屈原。

[16] 突梯：圆滑的样子。滑（gǔ）稽（jī）：古代的一种流酒器。此处指圆滑处世、善于迎合别人。

[17] 如脂如韦：像油脂一样光滑，像熟牛皮一样柔软，指善于应付人事环境。

[18] 洁楹：度量屋柱，顺圆而转。此处形容处世的圆滑随俗。洁，借为“絜（xié）”。

[19] 昂昂：昂首挺胸、堂堂正正的样子。

[20] 氾氾：漂浮不定的样子。凫（fú）：水鸟，即野鸭。

[21] 骐骥：指千里马。亢（kàng）轭（è）：并驾而行。亢，同“伉”，并举。轭，车辕前端套在牲口脖子上的曲木。

[22] 驽（nú）马：劣马。迹：踪迹。

[23] 黄鹄（hú）：鸟名，传说中的大鸟，能一举千里。

[24] 鹜（wù）：鸭子。

[25] 千钧：代表最重的东西。钧，古制三十斤为一钧。

[26] 黄钟：古乐中十二律之一，是最响最宏大的声调。此处指声调合于黄钟律的大钟。

[27] 瓦釜（fǔ）：陶器，用普通黏土烧制成的锅子。此处指鄙俗音乐。

[28] 高张：大大地夸张。此处指谗言小人气焰嚣张，趾高气扬。

[29] 吁（xū）嗟（jiē）：叹息声。

[30] 释：放下。谢：辞谢，拒绝。

[31] 数：术数，卦数。逮：及，到。

[32] 诚：确实。

◇译文

屈原已经被放逐在外，三年没有见到楚王了。他尽心竭力，却遭受谗言而被楚王疏远。心烦意乱，不知道该怎么办。去拜见掌管卜筮的郑詹尹说：

“我的心中有疑惑，希望依靠先生来判决。”詹尹就把占卜的蓍草摆正，拂去龟壳上的灰尘，说：“你想询问我什么事？”屈原说：“我宁愿诚实勤恳、朴实忠厚呢，还是无休止地送往迎来？宁愿除草耕田度过一生呢，还是游说于达官贵人之中以追求名利？宁愿直言不讳奋不顾身呢，还是应该屈从富贵偷活此生？宁愿超脱世俗以保持真性呢，还是应该阿谀奉承、谄言献媚来事奉那位妇人呢？宁愿廉洁正直保持自身的清白呢，还是圆滑世故，如油脂一样滑腻，像熟牛皮一样柔软缠绕屋柱？宁愿昂首挺胸像千里马一样呢，还是像水中漂浮不定的野鸭，随波逐流，苟且保全我的躯体？宁愿与骏马并驾齐驱呢，还是跟随劣马的足迹？宁愿与黄鹄比翼高飞呢，还是与鸡鸭争抢吃食？这些哪个是吉，哪个是凶呢？我该选择什么呢？世间混浊，是非不清，蝉翼被认为是重的，千钧却被认为是轻的；声音响亮宏大的黄钟被毁弃，鄙俗的瓦釜却成为乐器响如雷鸣；谗佞小人嚣张跋扈，贤能之士却默默无名。唉，谁又能了解我的廉洁忠贞！”于是詹尹放下占卜的筹策辞谢，说：“一尺有它的短处，一寸也有它的长处，万物都有不足的地方，智者也有不明白的地方，卦数也有算不到的事情，神明也有不通法力的地方。就跟随您的心意，做您想做的事吧，用龟蓍占卜实在不能料知此事。”

大招[1]

青春受谢[2]，白日昭只[3]。

春气奋发，万物遽只[4]。

冥凌浃行[5]，魂无逃只。

魂魄归来！无远遥只[6]。

魂乎归来！无东无西，无南无北只。

东有大海，溺水浟浟只[7]。

螭龙并流[8]，上下悠悠只。

雾雨淫淫[9]，白皓胶只[10]。

魂乎无东！汤谷寂只。

魂乎无南！南有炎火千里[11]，蝮蛇蜒只[12]。

山林险隘，虎豹蜿只[13]。

鰅鳙短狐[14]，王虺骞只[15]。

魂乎无南！蜮伤躬只[16]。

魂乎无西！西方流沙，漭洋洋只[17]。

豕首纵目[18]，被发鬤只[19]。

长爪踞牙[20]，诶笑狂只[21]。

魂乎无西！多害伤只。

魂乎无北！北有寒山，逴龙赩只[22]。

代水不可涉[23]，深不可测只。

天白颢颢[24]，寒凝凝只。

魂乎无往！盈北极只[25]。

魂魄归来，闲以静只。

自恣荆楚[26]，安以定只。

逞志究欲[27]，心意安只。

穷身永乐[28]，年寿延只。

魂乎归来！乐不可言只。

五谷六仞[29]，设菰粱只[30]。

鼎臑盈望[31]，和致芳只[32]。

内鸧鸽鹄[33]，味豺羹只[34]。

魂乎归来！恣所尝只。

鲜蠵甘鸡[35]，和楚酪只[36]。

醢豚苦狗[37]，脍苴蒪只[38]。

吴酸蒿蒌[39]，不沾薄只[40]。

魂兮归来！恣所择只。

炙鸹烝凫[41]，煔鹑陈只[42]。

煎鲼臛雀[43]，遽爽存只[44]。

魂乎归来！丽以先只[45]。

四酎并孰[46]，不歰嗌只[47]。

清馨冻歆[48]，不歠役只[49]。

吴醴白蘖[50]，和楚沥只[51]。

魂乎归来！不遽惕只。

代秦郑卫[52]，鸣竽张只[53]。

伏戏《驾辩》[54]，楚《劳商》只[55]。

讴和《扬阿》[56]，赵箫倡只。

魂乎归来！定空桑只[57]。

二八接舞[58]，投诗赋只[59]。

叩钟调磬，娱人乱只[60]。

四上竞气[61]，极声变只。

魂乎归来！听歌撰只[62]。

朱唇皓齿，嫭以姱只[63]。

比德好闲[64]，习以都只[65]。

丰肉微骨，调以娱只。

魂乎归来！安以舒只。

嫮目宜笑[66]，蛾眉曼只。

容则秀雅[67]，稚朱颜只[68]。

魂乎归来！静以安只。

姱修滂浩[69]，丽以佳只。

曾颊倚耳[70]，曲眉规只[71]。

滂心绰态[72]，姣丽施只。

小腰秀颈，若鲜卑只[73]。

魂乎归来！思怨移只。

易中利心[74]，以动作只。

粉白黛黑[75]，施芳泽只。

长袂拂面，善留客只。

魂乎归来！以娱昔只[76]。

青色直眉[77]，美目媔只[78]。

靥辅奇牙[79]，宜笑嫣只[80]。

丰肉微骨，体便娟只[81]。

魂乎归来！恣所便只。

夏屋广大，沙堂秀只[82]。

南房小坛[83]，观绝霤只[84]。

曲屋步壛[85]，宜扰畜只[86]。

腾驾步游[87]，猎春囿只。

琼毂错衡，英华假只[88]。

茝兰桂树，郁弥路只。

魂乎归来！恣志虑只。

孔雀盈园，畜鸾皇只。

鹍鸿群晨[89]，杂鹙鸧只[90]。

鸿鹄代游，曼鹔鹴只[91]。

魂乎归来！凤凰翔只。

曼泽怡面[92]，血气盛只。

永宜厥身，保寿命只。

室家盈廷[93]，爵禄盛只。

魂乎归来！居室定只。

接径千里[94]，出若云只[95]。

三圭重侯[96]，听类神只[97]。

察笃夭隐[98]，孤寡存只[99]。

魂乎归来！正始昆只[100]。

田邑千畛[101]，人阜昌只[102]。

美冒众流[103]，德泽章只。

先威后文[104]，善美明只。

魂乎归来！赏罚当只。

名声若日，照四海只。

德誉配天，万民理只。

北至幽陵[105]，南交阯只[106]。

西薄羊肠[107]，东穷海只。

魂乎归来！尚贤士只。

发政献行[108]，禁苛暴只。

举杰压陛[109]，诛讥罢只[110]。

直赢在位[111]，近禹麾只[112]。

豪杰执政，流泽施只。

魂乎来归！国家为只。

雄雄赫赫[113]，天德明只。

三公穆穆[114]，登降堂只[115]。

诸侯毕极[116]，立九卿只。

昭质既设[117]，大侯张只[118]。

执弓挟矢，揖辞让只[119]。

魂乎来归！尚三王只[120]。

◇注释

[1] 大招：《大招》。一说是屈原所作，为屈原自招，或说为屈原招怀王魂。

一说是景差所作，为招屈原魂。

[2] 青春：春天。谢：离去。

[3] 昭：明亮。只：句末语气词。

[4] 遽：竞争。此处指春天万物竞相生长。

[5] 冥：幽暗。此处指北方之神玄冥。王逸《章句》：“玄冥，北方之神也。”凌：驰骋。王逸《章句》：“犹驰也。”浃（jiā）：周遍。

[6] 遥：漂遥。

[7] 溺水：形容水很深，容易使人沉溺其中。滺（yóu）滺：水流动的样子。

[8] 并流：顺流而行。

[9] 淫淫：连绵不止的样子。

[10] 皓胶：雨雾蒙蒙的样子，像凝固在天空中一样。

[11] 炎火千里：据《玄中记》载，扶南国东有炎山，四月火生，十二月灭，余月俱出云气。炎火，炎热。

[12] 蜒：蛇类爬行的样子。

[13] 蜿：屈曲行走的样子。

[14] 鰅（yú）鳙（yōng）：传说中的一种怪鱼。短狐：传说中含沙射人的鬼怪。王逸《章句》：“鬼蜮也。”

[15] 王虺（huǐ）：大毒蛇。

[16] 蜮（yù）：即短狐。

[17] 漭（mǎng）洋洋：形容流沙广阔无边的样子。漭，宽广，辽阔。

[18] 纵目：眼睛竖起。

[19] 鬤（ráng）：毛发散乱的样子。

[20] 踞牙：锋利的牙齿。踞，通“锯”。

[21] 诶（xī）：同“嬉”。

[22] 逴（chuō）龙：即“烛龙”，神话传说中人面蛇身的怪物，居于北方极寒之地。赩（xì）：赤色。

[23] 代水：神话中的水名。

[24] 颢颢（hào）：洁白的样子。此处指冰雪。

[25] 北极：北方极远极寒之地。

[26] 自恣：自由放纵。

[27] 逞：显示，施展。究：极，尽。

[28] 穷身：终身。穷，终，自始至终的整段时间。

[29] 五谷：指各种谷物。六仞：指五谷堆积之多。仞，古代长度单位，七尺或八尺为一仞。

[30] 设：陈列。菰（gū）粱：即菰米。秋结实像米，用来做饭十分香美。

[31] 鼎臑（ér）：用鼎煮烂的食物。臑，通“胹”，煮烂。

[32] 和致芳：调和使食物芳香。

[33] 内：同“肭（nà）”，肥美的意思。鸧（cāng）：鸧鹒，即黄鹂。鸽：鹁鸠。鹄：天鹅。

[34] 味：和，调和。

[35] 蠵（xı）：大龟。

[36] 酪：乳浆。

[37] 苦狗：用胆汁调和的狗肉。

[38] 脍：细切。苴（jū）蓴（pò）：即蘘荷，一种草本植物，古人调羹用的香菜。

[39] 蒿蒌：即香蒿和蒌蒿，可食用。

[40] 沾：浓，多汁。薄：淡，无味。

[41] 鸹（guā）：乌鸦。凫：野鸭。

[42] 煔（qiǘn）：煮肉。鹑：鹌鹑。

[43] 鲭（jì）：鲫鱼。臛（huò）：肉羹。

[44] 遽（qú）：通“渠”，如此。爽存：口齿留香。爽，爽口。

[45] 丽：附着，来到。

[46] 酎（zhòu）：醇酒。孰：同“熟”。

[47] 歰（sè）嗌（yì）：使咽喉感到苦涩。歰，同“涩”，苦涩，不顺滑。嗌，咽喉。

[48] 冻歈：冰镇后饮用。歈，通“饮”。

[49] 不歠(chuò)役：不可以给仆役低贱之人喝。歠，饮用。役，仆役，卑贱之人。

[50] 醴：甜酒。白蘖（niè）：米曲。

[51] 沥：清酒。

[52] 代秦郑卫：指代、秦、郑、卫四国的乐舞。

[53] 张：奏起乐曲。

[54] 伏戏：即伏羲。《驾辩》：古乐曲名。

[55]《劳商》：古乐曲名。

[56] 讴：清唱。《扬阿》：即《阳阿》，古代楚地歌曲名。

[57] 定：调定琴弦的音位。空桑：瑟名。

[58] 二八：指女乐的两列，每列八人。接舞：相继起舞。

[59] 投诗赋：指舞步与诗歌的节奏相配合。投，合，迎合。

[60] 乱：此处指欢快。

[61] 四上：指前文代、秦、郑、卫四国之鸣竽。竞气：竞争乐曲之美。

[62] 撰（zhuàn）：具备。

[63] 嫭（hù）：美丽，美好。姱（kuā）：美丽，美好。

[64] 比德：才德相同。好闲：性喜娴静。

[65] 习：习于礼仪。都：雅，仪态美好。

[66] 嫮（hù）：同“嫭”，美好。

[67] 容则：仪容，仪表。

[68] 穉（zhì）：一作“稚”，幼。

[69] 滂浩：广大的样子。此处指心胸宽广。

[70] 曾颊：形容面容丰满。曾，重。倚耳：两耳向后贴。

[71] 规：圆规。

[72] 滂心：指情感丰富。

[73] 鲜卑：王逸《章句》：“衮带头也。言好女之状，腰支细少，颈锐秀长，靖然而特异，若以鲜卑之带约而束之也。”

[74] 易中利心：内心正直温和。易，平易，和气。利，和。

[75] 粉：古代女子涂脸的脂粉。黛：古代女子画眉的青黑色颜料。

[76] 昔：通“夕”，晚上。

[77] 青色：指青黑色的眉毛。直眉：双眉相连。直，同“值”。

[78] 娴（mián）：眼睛美好的样子。

[79] 靥（yè）辅：脸颊上的酒涡。奇牙：牙齿好看。

[80] 嗎（xiān）：笑的样子。

[81] 便娟：形容体态轻盈美好的样子。

[82] 沙堂：用朱砂涂的厅堂。

[83] 房：厅堂左右两侧的房间。坛：场所。此处指可以游览休憩的庭院。

[84] 观（guàn）：楼。绝霤（liù）：指楼观很高，超过了屋檐。霤，屋檐。

[85] 曲屋：回环的楼阁。此处指楼与楼之间的驾空复道。步壛（yán）：即步廊，长廊。

[86] 扰畜：此处指驯养马畜。扰，驯养。

[87] 步游：行游，漫游。

[88] 假：盛大。

[89] 鹍（kūn）：鹍鸡，一种像鹤的鸟，红嘴长颈，黄白色羽毛。

[90] 鹙（qiū）鸧：水鸟名，头秃长颈，黑色羽毛。

[91] 曼：曼衍，延续。鹔（sù）鷞（shuāng）：水鸟名，一种雁。

[92] 曼泽：细腻润泽。

[93] 室家：指宗族。盈廷：充满朝廷。

[94] 接径：道路相连，四通八达。此处指楚国地域广阔。

[95] 出若云：出行像云聚集。此处指出行时护卫侍从众多。

[96] 三圭重侯：指国家重臣。三圭，此处指公爵、侯爵和伯爵。古代公执桓圭，侯执信圭，伯执躬圭，故称“三圭”。重侯，指子爵和男爵。

[97] 听类神：听审狱讼，有如神明。听，听察。

[98] 笃：厚，优待。夭：夭折，短命。隐：忧患，痛苦。

[99] 存：体恤，慰问。

[100] 正始昆：定仁政之先后。正，定。昆，后。

[101] 畛（zhěn）：田间小路。

[102] 阜昌：繁荣昌盛。

[103] 美：指美善的教化。冒：覆盖，遍及。众流：指广大民众。

[104] 先威后文：先以权威武力服众，后用文治教化众人。

[105] 幽陵：古地名，即幽州。

[106] 交阯：古地名，南方少数民族地区。

[107] 羊肠：西方山名。

[108] 发政：发布政令。献行：指百官进献治世良策。献，进。

[109] 举杰压陛：推举贤才，使其充满朝廷。陛，殿堂前的台阶。

[110] 诛：惩罚。讥：贬谪。罢（pí）：同“疲”，疲软，指不堪大任的庸人。

[111] 直赢：正直而有才的人。

[112] 近：亲近，听从。禹：即夏禹。麾：指挥。

[113] 雄雄赫赫：形容声势盛大的样子。

[114] 三公：古代辅佐君王的最高官职，即“太师”“太傅”“太保”。

[115] 登降：上下，此处指出入。

[116] 毕极：全都到了。极，至。

[117] 昭质：箭靶的中心。

[118] 大侯：大幅的布做的箭靶。

[119] 揖（yī）辞让：古代射箭之礼，参赛者执弓挟矢拱手相互辞让，进退有礼。

[120] 三王：指夏禹、商汤、周文王。

◇译文

冬天过去春天来临，阳光多么灿烂啊。

到处散发着春天的气息，万物竞相生长啊。

玄冥之神驰骋在天地间，灵魂你不要逃走啊。

魂魄回来！不要远远地漂遥啊。

灵魂啊回来！不要去东方，不要去西方，不要去南方，不要去北方啊。

东方有大海，水是又深又急啊。

螭龙顺流而行，上下游动于波浪之中啊。

迷雾细雨连绵不止，白茫茫雾蒙蒙的一片，像凝固在天空中一样啊。

灵魂啊不要去东方！旸谷如死寂一般啊。

灵魂啊不要去南方！南方有火焰绵延千里，蝮蛇蜿蜒其中啊。

山林危险而狭隘，老虎豹子横行其中啊。

有怪鱼和含沙射人的短狐，有大毒蛇高举飞起啊。

灵魂啊不要去南方！短狐会伤害你的身体啊。

灵魂啊不要去西方！西方有流沙，广阔无边啊。

那里的怪物长着猪头，眼睛竖起，披着散乱的毛发啊。

长长的爪子，锋利的牙齿，嬉笑如发狂一样啊。

灵魂啊不要去西方！有太多危险伤人的东西啊。

灵魂啊不要去北方！北方有极寒的山岭，有人面蛇身的烛龙全身通红啊。

代水不能渡过，水深得不能测量啊。

天空冰雪一片洁白，寒气能冻结一切啊。

灵魂啊不要前往！整个北方都是极远极寒之地啊。

魂魄回来，这里闲适又安静啊。

自由放纵在荆楚大地，是多么安定啊。

施展心志，极尽爱好，心意是多么安适啊。

终身长乐，延年益寿啊。

灵魂啊回来！这里的快乐不能言说啊。

各类谷物堆积，还陈列着菰米饭啊。

用鼎煮烂的食物满眼都是，调和使食物散发着芳香啊。

肥美的鸧鹒、鹁鸠、天鹅，调和着豺肉做成羹汤啊。

灵魂啊回来！恣意地品尝吧。

鲜美的大龟，可口的肥鸡，调和上楚地的乳浆啊。

用乳猪做成的肉酱，用胆汁调和的狗肉，将切碎的蘘荷放入里面啊。

吴人腌制的香蒿和蒌蒿，味道浓淡适宜啊。

灵魂啊回来！随意地挑选吧。

烤乌鸦，蒸野鸭，煮熟的鹌鹑肉也陈列出来啊。

煎鲫鱼，煮雀肉，如此口齿留香啊。

灵魂啊回来！归附故乡先来尝新。

四重酿造的醇酒都熟了，喝起来咽喉一点儿也不感到苦涩啊。

清冽芳香冰镇后饮用，不是仆役能有福享用的啊。

吴地的甜酒是白米曲酿造，掺和楚地的清酒啊。

灵魂啊回来！不要害怕啊。

这里有代、秦、郑、卫的乐舞，吹竽奏乐啊。

有伏羲的《驾辩》，楚地的《劳商》啊。

清唱楚曲《阳阿》，还有赵地的箫乐领唱啊。

灵魂啊回来！调定琴瑟的音位啊。

两列舞女相继起舞，舞步与诗歌的节奏相配合啊。

敲钟调磬，人们欢乐无比啊。

四国间竞争乐曲之美，声音的变化无穷啊。

灵魂啊回来！来聆听各种乐曲啊。

佳人们唇红齿白，多么美丽啊。

才德相同，性喜娴静，习于礼仪，仪态美好啊。

丰腴的肌肤，纤弱的骨相，舞姿和谐令人心旷神怡啊。

灵魂啊回来！这里安逸而舒心啊。

美丽的眼睛含着笑意，眉毛细长而弯曲啊。

仪容秀丽娴雅，多么娇嫩红润的脸庞啊。

灵魂啊回来！这里宁静而安适啊。

容颜美丽而心胸宽广，可以说是旷世之美啊。

面容丰满，两耳后贴，弯弯的眉毛就像圆规画出来的啊。

情感丰富，姿态绰约，姣好美丽完全展现了啊。

纤细的腰肢，秀美的脖颈，就像鲜卑之带约束着的样子啊。

灵魂啊回来！忘记那哀怨的情思吧。

内心正直，心意和利，从动作就可以看出啊。

涂上白色的脂粉，画着青黑色的眉黛，再擦上香膏啊。

长长的衣袖拂过面庞，善于让客人留恋而忘记回去啊。

灵魂啊回来！夜晚在这里娱乐啊。

青黑色的双眉相连，多么美丽的眼睛啊。

脸颊上的酒窝，好看的牙齿，嫣然一笑，多么动人啊。

丰腴的肌肤，纤弱的骨相，体态轻盈美好啊。

灵魂啊回来！在这里可以随意行事啊。

高高的屋子又宽又大，用朱砂涂的厅堂多么秀美啊。

朝南的偏厅，小巧的庭院，楼观很高，超过了屋檐啊。

回环的楼阁与长廊，多么适合驯养马畜啊。

驰骋车马外出漫游，春天在园林中打猎啊。

装饰美玉的车轴，相互交错的横木，多么华美盛大啊。

茝草、兰草、桂树，香气弥漫在路的两旁啊。

灵魂啊回来！这里可以放纵心志，无忧无虑啊。

园子里满是孔雀，还养着鸾鸟凤凰啊。

鹍鸡大雁清晨一起飞翔，还混杂着鹙鸧啊。

鸿鹄来来往往，还有鹔鷞连绵不绝啊。

灵魂啊回来！和凤凰一起飞翔吧。

细腻润泽的肌肤，和悦的面庞，气血旺盛啊。

永远是这样的身体，能够保持长寿啊。

宗族充满朝廷，官爵、俸禄丰盛啊。

灵魂啊回来！居住的屋室已经安排好了啊。

楚国的道路相连，四通八达，出行时的队伍就像云聚集一样啊。

国家重臣，听审狱讼，有如神明啊。

察知并优待夭折和忧患之人，还慰问孤儿寡妇啊。

灵魂啊回来！定仁政之先后啊。

田地城邑间有上千条小路，人口繁荣昌盛啊。

美善的教化遍及广大民众，功德与恩泽更加显著啊。

先以权威武力服众，后用文治教化众人，善和美就更加明显啊。

灵魂啊回来！这里赏罚得当啊。

名声就像太阳一样，照耀着四海啊。

功德、美誉可以与天相媲美，天下的民众都得到治理啊。

向北到幽州，向南到交趾啊。

向西靠近羊肠山啊，向东直到大海啊。

灵魂啊回来！这里崇尚贤士啊。

发布政令，百官进献治世良策，严禁苛政暴政啊。

推举贤才，使其充满朝廷，惩罚贬谪不堪大任的庸人啊。

正直而有才的人进用为官，听从圣明君主的指挥啊。

才能出众的人执掌政权，恩泽遍施民间啊。

灵魂啊回来！国家得到了治理啊。

声势盛大，德性清明，媲美苍天啊。

三公和睦恭敬，出入朝堂啊。

诸侯全都到了，设立九卿的职位啊。

箭靶的中心已经摆设好了，大幅的布靶已经张设啊。

拿着弓，持着箭，拱手相互辞让，进退有礼貌啊。

灵魂啊回来！尊崇三王的治理啊。

九歌·东皇太一[1]

吉日兮辰良[2]，穆将愉兮上皇[3]。
抚长剑兮玉珥[4]，璆锵鸣兮琳琅[5]。
瑶席兮玉瑱[6]，盍将把兮琼芳[7]。
蕙肴蒸兮兰藉[8]，奠桂酒兮椒浆[9]。
扬枹兮拊鼓[10]。
疏缓节兮安歌[11]，陈竽瑟兮浩倡[12]。
灵偃蹇兮姣服[13]，芳菲菲兮满堂。
五音纷兮繁会[14]，君欣欣兮乐康[15]。

◇注释

[1] 九歌：《楚辞》篇名。《九歌》原为传说中的一组祭祀天地神鬼的歌曲，屈原放逐湘沅之间时，依据民间祭神乐歌改作或加工而成，共十一篇。东皇太一：天神名，楚地神话中凌驾于自然神之上的“上皇”尊神。太一，星名。因其祠立在楚的东面，故称“东皇”。

[2] 吉日：吉祥的日子。辰良：即良辰，好的时光。

[3] 穆：虔诚，恭敬。愉：同“娱”，使……乐。此处指娱神，使神灵愉快、欢乐。上皇：即东皇太一。

[4] 珥：剑珥，指剑鞘出口旁像两耳突出的部分。

[5] 璆（qiú）：形容玉石相悬击的样子。锵：象声词，此处指金属相碰撞而发出的声响。

[6] 瑶席：装饰华美的席垫。瑶，美玉。玉瑱（zhèn）：玉器。瑱，通“镇”，用玉做的镇压坐席的器物。

[7] 盍（hé）：通“合”，聚集在一起。琼芳：指赤玉般美丽的花朵。琼，赤色玉。

[8] 蕙：香草名，即蕙草，兰科植物。肴蒸：祭祀用的大块的肉。蒸，进献。藉（jiè）：垫底用的东西。

[9] 椒浆：用有香味的椒浸泡的美酒。一指用椒做的汤。

[10] 枹（fú）：鼓槌。拊（fǔ）：敲击。

[11] 疏缓节：指音乐的节拍缓慢。安歌：声调徐缓安详地歌唱。

[12] 陈：列。此处指乐器声大作。竽：古乐器名，笙类，有三十六簧。瑟：古乐器名，琴类，有二十五弦。浩倡：大声唱歌，气势浩荡。倡，同“唱”。

[13] 灵：楚人称神、巫为灵，此处指以歌舞娱神的群巫。偃蹇：指舞姿优美的样子。姣服：美丽的服饰。

[14] 五音：指宫、商、角、徵、羽五种音调。繁会：众音汇成一片，指齐奏。

[15] 君：此处指东皇太一。

◇译文

吉祥的日子啊美好的时辰，虔诚地取悦啊东皇太一。

手抚摸着长剑啊美玉装饰的剑珥，锵锵的声响啊是身上的佩玉。

华美的供案上啊放着玉瑱，摆放的花束啊多么芬芳。

蕙草包裹着的祭品啊下面还垫着兰叶，敬献上神的有桂花酒啊还有椒浆。

举起鼓槌啊轻轻敲打鼓面。

鼓声的节奏舒缓啊歌声多么安详，竽笙琴瑟齐鸣啊大声歌唱，气势浩荡。

巫师们翩翩起舞啊服饰多么美丽，芳香多么浓郁啊充满了殿堂。

乐曲的声调多么纷繁啊汇成一片，东皇太一多么欣喜啊安乐康健。

九歌·云中君[1]

浴兰汤兮沐芳[2]，华采衣兮若英[3]。
灵连蜷兮既留[4]，烂昭昭兮未央[5]。
謇将憺兮寿宫[6]，与日月兮齐光。
龙驾兮帝服[7]，聊翱游兮周章[8]。
灵皇皇兮既降[9]，猋远举兮云中[10]。
览冀州兮有余[11]，横四海兮焉穷[12]。
思夫君兮太息[13]，极劳心兮忡忡。

◇注释

[1] 云中君：云神。一说月神。《楚辞补注》："云神丰隆也，一曰屏翳。"

[2] 兰汤：兰草沁入其中而带有香味的热水。

[3] 华采：使之华丽。若英：像花朵一样。一说，杜若之花。若，香草名，即杜若。

[4] 灵：女巫，祭祀中有神灵附身的巫觋。此处指云中君，在祭祀中由女巫扮演。连蜷：回环婉曲的样子，此处指舞蹈时身体婀娜摆动的姿态。既留：已经

留下来。人们祭云神，期望云神的降临。此处指在人们的热切期盼之下，云神在空中出现。

[5] 烂昭昭：天色微明的样子。央：尽。

[6] 謇（jiǎn）：楚方言中的发语词。憺（dàn）：安居。寿宫：神宫，供神之处。指云神在天上的居所，亦指人间祭祀神灵的地方。

[7] 龙驾：龙车。此处指驾龙车。帝服：指天帝五彩的衣服，言服有青黄赤白黑之五色。此处比喻云神地位之尊。

[8] 聊：姑且。周章：周流往来。王逸《楚辞章句》："犹周流也。言云神居无常处，动则翱翔，周流往来且游戏也。"

[9] 灵：此处指云中君。皇皇：同"煌煌"，光明灿烂的样子。

[10] 猋（biāo）：疾速前行。

[11] 览：看。冀州：两河之间曰冀州。古代中国分为九州，即冀州、兖州、青州、徐州、扬州、荆州、豫州、梁州、雍州，冀州为九州之首，后以冀州代指中国。

[12] 横：横布。四海：古人认为九州土地由四海包围，即东海、南海、西海、北海，后以四海代指世界。焉穷：无穷无尽。焉，怎么。

[13] 夫：指示代词，那个。君：指云中君。

◇译文

用兰草煮的热水浴身啊用白芷煮的热水洗秀发，穿上华美的衣裳啊像花朵一样美丽芬芳。

神灵附身的女巫婀娜多姿啊让人留恋，天色微明啊夜犹未尽。

云神被安然供奉啊在那寿宫，神宫里的灯火通明啊与日月同辉。

驾驶着龙车啊身着天帝的五彩衣服，姑且翱翔在天地间啊四处周游。

云中君啊光辉灿烂地降临之后，又迅速飞起啊藏入云中。

俯瞰冀州啊还有其他的地方，横布四海啊无穷无尽。

思念那个云中君啊长长地叹息，思念至深啊忧心忡忡。

九歌·湘君[1]

君不行兮夷犹[2]，蹇谁留兮中洲[3]？
美要眇兮宜修[4]，沛吾乘兮桂舟[5]。
令沅湘兮无波[6]，使江水兮安流[7]！
望夫君兮未来[8]，吹参差兮谁思[9]！
驾飞龙兮北征[10]，邅吾道兮洞庭[11]。
薜荔柏兮蕙绸[12]，荪桡兮兰旌[13]。
望涔阳兮极浦[14]，横大江兮扬灵[15]。
扬灵兮未极[16]，女婵媛兮为余太息[17]。
横流涕兮潺湲[18]，隐思君兮陫侧[19]。
桂棹兮兰枻[20]，斫冰兮积雪[21]。
采薜荔兮水中[22]，搴芙蓉兮木末[23]。
心不同兮媒劳[24]，恩不甚兮轻绝[25]！
石濑兮浅浅[26]，飞龙兮翩翩[27]。
交不忠兮怨长[28]，期不信兮告余以不闲[29]。
鼂骋骛兮江皋[30]，夕弭节兮北渚[31]。
鸟次兮屋上[32]，水周兮堂下[33]。

捐余玦兮江中[34]，遗余佩兮醴浦[35]。

采芳洲兮杜若[36]，将以遗兮下女[37]。

时不可兮再得[38]，聊逍遥兮容与[39]。

◇注释

[1] 湘君：湘水之神，男性。与下一篇中的湘夫人，合为湘水夫妻之神。传说舜帝巡视南方时死于苍梧，成为湘水男神，称湘君；他的妃子娥皇、女英寻至洞庭湖，投湘江身死，成湘水女神，称湘夫人。

[2] 君：指湘夫人。夷犹：迟疑不决。

[3] 蹇（jiǎn）：发语词。中洲：即洲中。洲，水中陆地。

[4] 要（yāo）眇（miǎo）：美好的样子。宜修：恰到好处的修饰。

[5] 沛：船行飞快的样子。桂舟：桂木制成的船。

[6] 沅湘：沅水和湘水，都在湖南境内注入洞庭湖。无波：不起波浪。

[7] 江水：长江。下文“大江”“江”，与此同。

[8] 夫：语助词。君：指湘夫人。

[9] 参差：高低错落不齐。此处指排箫，相传为舜所造。

[10] 飞龙：龙舟，以龙为驾。北征：向北而行。

[11] 邅（zhān）：转变。洞庭：洞庭湖。

[12] 柏（bó）：通“箔”，帘子。绸：帷帐。

[13] 荪：香草名，即石菖蒲。桡（ráo）：短桨。旌：旗杆顶上的饰物。

[14] 涔（cén）阳：在涔水北岸，洞庭湖西北。极浦：遥远的水边。

[15] 横：横渡。扬灵：显灵，施展灵威。一说即扬舲，扬帆前进。

[16] 极：至，到达。

[17] 女：侍女。婵媛：忧愁悲怨。

[18] 横：横溢。潺湲 (yuán)：缓慢流动的样子。

[19] 陫（fěi）侧：即“悱恻”，内心悲痛的样子。

[20] 棹（zhào）：长桨。枻（yì）：短桨。

[21] 斫（zhuó）：砍。

[22] 采薜荔：在水中采摘陆生的薜荔。

[23] 搴（qiān）：拔，摘取。芙蓉：荷花。木末：树梢。

[24] 媒：媒人。劳：徒劳。

[25] 甚：深厚。轻绝：轻易断绝。

[26] 石濑：沙石上的急流浅滩。浅（jiān）浅：水流湍急的样子。

[27] 翩翩：轻盈快疾的样子。

[28] 交：结交，交往。

[29] 期：相约，约会。不闲：没有空闲。

[30] 鼌（zhāo）：同“朝”，早晨。骋骛（wù）：急行，飞驰。

[31] 弭（mǐ）：停止。节：策，马鞭。渚：水中的小块陆地。

[32] 次：栖息。

[33] 周：周流。

[34] 捐：抛弃。玦（jué）：环形而有缺口的玉。

[35] 遗（yí）：与“捐”同义，留下。佩：佩饰。醴（lǐ）：澧水，在湖南，流入洞庭湖。

[36] 芳洲：水中的芳草地。

[37] 遗（wèi）：赠予，赠送。下女：指湘夫人身边的侍女。

[38] 时：指以前和湘君在一起的美好时光。再：一作“骤”，屡次、多次的意思。

[39] 聊：暂且。逍遥：徜徉，缓步行走的样子。容与：从容自在的样子。

◇译文

你久久不前行啊心中迟疑不决，究竟是为谁啊停留在这小洲中？

我姿态美好啊修饰得恰到好处，乘上轻快的桂舟啊前去迎候。

命令沅水和湘水啊不起波浪，让长江的水啊安静地流动！

盼望着湘君啊还没有到来，吹奏着排箫啊谁能懂我的思念！

乘着飞驰的龙舟啊向北而行，转变我的路线啊取道洞庭湖。

用薜荔装饰帘子啊用蕙草装饰帷帐，用荪草装饰短桨啊用兰草装饰旌旗。

望见涔阳啊在那遥远的水边，横渡长江啊扬帆前进。

扬帆前进啊还没有到达，你身边的侍女也十分同情啊为我长长叹息。

横溢的泪水啊缓慢流动，痛苦地思念你啊内心多么悲戚。

用桂木制作的长桨啊用兰木制作的短楫，刚劈开冰啊又积雪成垛。

采摘薜荔啊怎能去水中，采摘荷花啊怎能去树梢。

心意不同啊媒人奔走也是徒劳，恩情不深厚啊轻易就断绝了。

沙石上的浅滩啊水流湍急，我的龙舟啊轻盈快疾。

交往却不忠诚啊怨恨就会长久，约定却不守信啊告诉我没有空闲。

清晨乘舟疾驰啊江岸边，傍晚停船啊北岸的小岛上。

鸟儿栖息啊在那屋顶上，水流环绕啊在那祭坛下。

把我的玉玦啊丢入江水中，将我的玉佩啊丢在澧水的岸边。

在芳草丛生的小洲啊采摘杜若，将要送给啊你身边的侍女。

时间一去啊不能再得，暂且漫步啊从容自在。

九歌·湘夫人[1]

帝子降兮北渚[2]，目眇眇兮愁予[3]。
嫋嫋兮秋风[4]，洞庭波兮木叶下[5]。
白薠兮骋望[6]，与佳期兮夕张[7]。
鸟萃兮蘋中[8]，罾何为兮木上[9]。
沅有茝兮醴有兰，思公子兮未敢言[10]。
荒忽兮远望，观流水兮潺湲。
麋何食兮庭中[11]？蛟何为兮水裔[12]？
朝驰余马兮江皋[13]，夕济兮西澨[14]。
闻佳人兮召予，将腾驾兮偕逝[15]。
筑室兮水中，葺之兮荷盖[16]。
荪壁兮紫坛[17]，匊芳椒兮成堂[18]。
桂栋兮兰橑[19]，辛夷楣兮药房[20]。
罔薜荔兮为帷[21]，擗蕙櫋兮既张[22]。
白玉兮为镇[23]，疏石兰兮为芳[24]。
芷葺兮荷屋，缭之兮杜衡[25]。
合百草兮实庭[26]，建芳馨兮庑门[27]。

九嶷缤兮并迎，灵之来兮如云[28]。
捐余袂兮江中[29]，遗余褋兮醴浦[30]。
搴汀洲兮杜若[31]，将以遗兮远者[32]。
时不可兮骤得[33]，聊逍遥兮容与！

◇注释

[1] 湘夫人：此歌由装扮成湘夫人模样以迎接神灵的巫者所唱。

[2] 帝子：指湘夫人。因其为帝尧之女，故称帝子。

[3] 眇（miǎo）眇：望而不见的样子。此处是形容湘君期待湘夫人的降临，望眼欲穿的神态。愁予：忧愁。予，通“忬”，忧。

[4] 嫋（niǎo）嫋：即“袅袅”，微风吹拂时绵长不绝的样子。

[5] 波：起水波。下：飘落。

[6] 薠（fán）：水草名，即薠草，一种近水生的秋草。骋望：放眼远望。

[7] 佳：美好。期：相约。夕张：傍晚陈设，指在傍晚相聚。

[8] 萃：草木丛生的样子，聚集。蘋：水草名。

[9] 罾（zēng）：捕鱼的网。

[10] 公子：指湘君。

[11] 麋：兽名，鹿的一种，名“驼麋”，又名“四不像”。庭：庭院。

[12] 水裔：水边。

[13] 朝：早晨。

[14] 济：渡。澨（shì）：水边。

[15] 腾驾：驾着马车飞驰。偕逝：一同前往。

[16] 葺：本指编草盖房子。此处指在荷叶所制屋顶上加盖芷草。盖：指屋顶。

[17] 荪壁：用荪草装饰墙壁。紫：紫贝。坛：楚地方言，中庭。

[18] �（bō）：“播”的古字。

[19] 栋：屋栋，屋脊柱。橑（liáo）：屋椽（chuán）。

[20] 楣：门上横梁。药：即白芷。

[21] 罔：通“网”，编结。帷：幕帐。

[22] 擗（pǐ）：掰开。櫋（mián）：屋檐的横板。此处指用蕙草制成的隔扇。

[23] 镇：镇压坐席之物。

[24] 疏：分疏，散布。石兰：香草名，即山兰，兰草的一种。

[25] 缭：缠绕。

[26] 合：合聚。实：充实，充满。

[27] 建：设置。馨：能够远闻的香。庑（wǔ）：庭院四周的廊屋。

[28] 灵：神。此处指九嶷山的众神。如云：形容众多。

[29] 袂（mèi）：衣袖。

[30] 褋（dié）：《方言》：“禅衣，江淮南楚之间谓之‘褋’”。禅衣，即贴身的衣服。

[31] 汀：水中或水边的平地。

[32] 远者：指湘君。

[33] 骤得：数得，屡得。

◇译文

湘夫人降临啊在洞庭湖北岸的小岛，望而不见湘君啊悲痛忧愁。

秋风吹拂啊绵长不绝，洞庭湖波涛涌起啊树叶飘落。

在白薠丛中啊放眼远望，与佳人相约啊在傍晚相聚。

鸟儿聚集啊在这水蘋之中，捕鱼的网又是什么原因啊挂在了树上。

沅水有白芷啊澧水有兰草，思念您啊却不敢说出来。

心神恍惚啊望着远方，只看见流水啊缓缓流淌。

麋鹿为什么啊在庭院中吃草？蛟龙为什么啊在水边出现？

清晨骑着我的马啊在江边，傍晚渡过江水啊到西边的水岸。

听闻湘君啊召唤我，将疾驰飞奔啊与他一同高飞远去。

在水中啊筑起屋室，用荷叶啊覆盖屋顶。

用荪草装饰的墙壁啊用紫贝装饰的中庭，播撒芳椒啊筑成祭坛。

用桂木制作屋脊啊用兰木制作屋椽，用木兰装饰门梁啊用白芷装饰侧房。

编结薜荔啊制作帷帐，用蕙草制作的隔扇啊已经摆放停当。

用白玉石啊镇压坐席，散布石兰啊为房间熏香。

用白芷加盖啊覆盖荷叶的屋顶，周围缠绕的啊还有杜衡。

聚集上百种芳草啊充满庭院，建造的廊屋啊弥漫着芳香。

九嶷山的众神啊一起来迎候，到来的神灵啊像云一样多。

把我的衣袖啊丢入江水中，将我的里衣啊丢在澧水的岸边。

在水边的平地上啊采摘杜若，将它赠送给啊远方的湘君。

美好的时光啊不能次次都得到，暂且去漫步啊从容自在。

九歌·大司命[1]

广开兮天门[2]，纷吾乘兮玄云[3]。
令飘风兮先驱[4]，使涷雨兮洒尘[5]。
君回翔兮以下[6]，逾空桑兮从女[7]。
纷总总兮九州[8]，何寿夭兮在予[9]！
高飞兮安翔，乘清气兮御阴阳[10]。
吾与君兮斋速[11]，导帝之兮九坑[12]。
灵衣兮被被[13]，玉佩兮陆离[14]。
壹阴兮壹阳[15]，众莫知兮余所为。
折疏麻兮瑶华[16]，将以遗兮离居[17]。
老冉冉兮既极[18]，不寖近兮愈疏[19]。
乘龙兮辚辚[20]，高驼兮冲天[21]。
结桂枝兮延伫[22]，羌愈思兮愁人[23]。
愁人兮奈何[24]，愿若今兮无亏[25]。
固人命兮有当[26]，孰离合兮可为[27]？

◇注释

[1] 大司命：神话中主管人的生死的男神。王夫之《楚辞通释》："大司命统司人之生死，而少司命则司人子嗣之有无，皆楚俗为之名而祀之。"一说星名。《史记·天官书》："北魁戴匡六星，曰文昌宫：一曰上将，二曰次将，三曰贵相，四曰司命，五曰司中，六曰司禄。"

[2] 广开：大开。天门：天庭之门。洪兴祖《楚辞补注》引《淮南子》注："天门，上帝所居紫微宫门也。"

[3] 纷：多。吾：大司命自谓。玄云：黑云。乘玄云即以玄云为车，犹云乘云车。

[4] 飘风：大旋风。《集注》："回风也。"先驱：在前面开路。

[5] 涷（dōng）雨：暴雨。洒尘：以水除去空中的尘埃。

[6] 君：指大司命。

[7] 逾：越过。空桑：神山名。洪兴祖《楚辞补注》引《山海经》："东曰空桑之山。"女（rǔ）：同"汝"，你，指众巫。

[8] 纷总总：盛多的样子。此处指九州之人众多。

[9] 寿：长寿。夭：夭折，早亡。在予：在我，由我执掌。

[10] 清气：天地间清明之气，也称作"精气"。此处指存在于天地之间的正气。御：驾驭。阴阳：阴阳二气，此处指造化万物。

[11] 吾：主祭者自称。君：指大司命。斋速：虔诚而恭敬的样子。

[12] 导：引导。之：到。帝：天帝。九坑（gāng）：《补注》："坑，音冈，山脊也。"《章句》："九州之山。"代指九州。一说为楚地之九冈山，楚人曾祭天于此。

[13] 灵：《北堂书钞》等所引作"云"，二字繁体同为雨字头，相近致误。云衣，以云霞为衣。被（pī）被：同"披披"，长衣飘动的样子。

[14] 陆离：光彩闪烁的样子。

[15] 壹阴兮壹阳：忽隐忽现，变化不定。此处指万物生成变化，或生或死。

[16] 疏麻：神麻。瑶华：神麻的花朵。洪兴祖《楚辞补注》引："瑶华，麻花也。其色白，故比于瑶。此花香，服食可致长寿，故以为美，将以赠远。"

[17] 离居：此处指即将离去的大司命。

[18] 冉冉：渐渐地。

[19] 极：至。寖（jìn）近：稍稍亲近。寖，同"浸"，渐。

[20] 龙：龙车。辚辚：车行的声音。

[21] 驼（chí）：同"驰"。

[22] 结：捆成一束。延伫：长时间地远望。"伫"，通"眝"，远望。

[23] 羌：发语词，何为。愁人：使人忧愁。此处为"愁"字的使动用法。

[24] 愁人：忧愁的人。

[25] 若今：像今天一样。亏：亏损。此处指谨敬神灵而无所亏待。

[26] 固：本来。当：正常，定数。

[27] 孰：谁。离合：离别聚合。此处指人与神的离合。为：作为，起作用。

◇译文

敞开吧九天的大门，我将乘上啊那云车出发。

命令大旋风啊在前方开路，命令暴雨啊洗涤尘埃。

您盘旋飞翔啊从天而降，越过空桑山啊来到众巫中间。

人数众多啊九州之民，谁长寿谁夭折啊全由我掌控。

大司命高高飞起啊从容翱翔，乘着清明之气啊主宰死生阴阳。

我主巫与大司命啊恭敬而虔诚，引导天帝威灵啊到九州。

云衣啊飘飘，玉佩啊绚丽。

或生存啊或死亡，众人并不知道啊这都是由我掌控。

采摘神麻啊那玉白色的花朵，我将赠送给啊那即将离去的神灵。

渐渐啊已经进入暮年，不稍稍亲近啊就会愈加疏远。

乘驾龙车啊发出辚辚的声音，高高飞驰啊冲向云天。

将桂枝捆成一束啊久久地远望，愈加思念啊心中忧愁。

忧愁的人啊又能怎么办，希望像今天一样啊没有什么亏待。

本来人的命运啊就有定数，人与神的离别聚合啊谁又能做什么呢？

九歌·少司命[1]

秋兰兮麋芜[2]，罗生兮堂下[3]。
绿叶兮素枝[4]，芳菲菲兮袭予[5]。
夫人自有兮美子[6]，荪何以兮愁苦[7]！
秋兰兮青青[8]，绿叶兮紫茎。
满堂兮美人[9]，忽独与余兮目成[10]。
入不言兮出不辞，乘回风兮载云旗[11]。
悲莫悲兮生别离[12]，乐莫乐兮新相知。
荷衣兮蕙带[13]，倏而来兮忽而逝[14]。
夕宿兮帝郊[15]，君谁须兮云之际[16]？
与女沐兮咸池[17]，晞女发兮阳之阿[18]。
望美人兮未来[19]，临风怳兮浩歌[20]。
孔盖兮翠旍[21]，登九天兮抚彗星[22]。
竦长剑兮拥幼艾[23]，荪独宜兮为民正[24]。

◇注释

[1] 少司命：神话中主管人间子嗣延续的神。

[2] 秋兰：香草名，兰的一种。叶茎皆香，秋天开淡紫色小花，香气更浓。古人以为生子之祥。麋（mí）芜（wú）：香草名，即“蘼芜”，细叶芎（xiōng）藭（qióng），叶似芹，丛生，七八月开白花。根茎可入药，治妇人无子。

[3] 罗生：并列而生。堂：神堂。

[4] 素枝：一作“素华”，开满白花的枝杈。王逸《楚辞章句》释此句为“吐叶垂华”，则本作“华”。

[5] 袭：指香气扑人。予：我，此处是群巫自谓。

[6] 夫（fú）：发语词，兼有远指作用。美子：对他人子女的美称。

[7] 荪（sūn）：香草名，即溪荪，石菖蒲。古人用以指君王等尊贵者。此处是对少司命的美称。

[8] 青（jīng）青：通“菁菁”，草木茂盛的样子。

[9] 美人：这里以参加祭祀的人代指人间的女性。

[10] 忽：很快地。余：我，少司命自谓。目成：用目光传情，以成亲好。

[11] 回风：旋风。云旗：以云为旗。

[12] 悲莫悲：悲没有比……更悲。

[13] 荷衣：用荷花做的衣服。蕙带：用蕙草编织的衣带。此处都是指少司命的服饰。

[14] 倏：快速、迅疾的样子。逝：离去。

[15] 帝郊：帝都之郊，指天界。

[16] 君：少司命。须：等待。

[17] 女（rǔ）：同“汝”。咸池：神话中的水名，又称天池，太阳沐浴的地方。《淮南子》：“日出旸谷，浴于咸池……至于曲阿，是谓旦明。”此句上原有“与

女游兮九河，冲风至兮水扬波”，王逸无注。《考异》云：“古本无此二句。”按此二句与《九歌·河伯》中二句重复，当是由《河伯》所窜入。

[18] 阳之阿（ē）：即阳谷，也作旸谷，神话中太阳升起的地方。阿，山湾。

[19] 美人：此处指少司命。

[20] 怳（huǎng）：神思恍惚惆怅的样子。浩歌：放歌，高歌。

[21] 孔盖：用孔雀羽毛装饰的车盖。翠旍（jīng）：用翠鸟羽毛装饰的旌旗。旍，同“旌”。

[22] 九天：古代传说天有九重。此处指天之高处。抚：持。彗星：俗称扫帚星，古代传说中是给人类带来灾难的恶星。此处指少司命镇抚彗星，为人间扫除灾难。

[23] 竦（sǒng）：肃立。此处指笔直地拿着。拥：抱着。一说保护。幼艾：指年少的孩子，即《礼记·月令》所说“养幼少”的“幼少”。

[24] 为民正：做人民命运的主宰。正，原指古代官长，此处是主宰的意思。

◇译文

秋兰啊蘼芜，并列而生啊在那神堂的台阶下。

翠绿的叶子啊素白的花朵，芳香弥漫啊扑鼻而来。

那世人啊都会有美好的子女，您又为什么啊忧愁苦闷？

秋兰啊多么茂盛，翠绿的叶子啊紫色的花茎。

神堂之中啊挤满了祭祀的人，很快就与我啊用目光传达亲好。

降临的时候不言语啊离开的时候也不辞行，乘着旋风啊载着云旗。

悲伤啊没有比生死别离更悲伤的了，快乐啊没有比结交新的知己更快乐的了。

用荷花制作的衣裳啊用蕙草编织的衣带，忽然降临啊又忽然离去。

傍晚留宿啊在那帝都之郊，您又在等待着谁啊在那遥远的天际？

与您一起沐浴啊在那咸池，晒干您的头发啊在那旸谷。

盼望的美人啊还没有到来，神思恍惚啊迎着风大声歌唱。

您用孔雀羽毛装饰车盖啊用翠鸟羽毛装饰旌旗，登上九重天啊镇抚彗星。

您笔直地拿着剑啊保护年少的孩子，只有您才有资格啊做人民命运的主宰。

九歌·东君 [1]

暾将出兮东方 [2]，照吾槛兮扶桑 [3]。

抚余马兮安驱 [4]，夜皎皎兮既明 [5]。

驾龙辀兮乘雷 [6]，载云旗兮委蛇 [7]。

长太息兮将上 [8]，心低佪兮顾怀 [9]。

羌声色兮娱人 [10]，观者憺兮忘归。

緪瑟兮交鼓 [11]，箫钟兮瑶簴 [12]。

鸣篪兮吹竽 [13]，思灵保兮贤姱 [14]。

翾飞兮翠曾 [15]，展诗兮会舞 [16]。

应律兮合节 [17]，灵之来兮蔽日 [18]。

青云衣兮白霓裳，举长矢兮射天狼 [19]。

操余弧兮反沦降 [20]，援北斗兮酌桂浆 [21]。

撰余辔兮高驼翔 [22]，杳冥冥兮以东行 [23]。

◇注释

[1] 东君：即日神（太阳神）。

[2] 暾（tūn）：温暖光明的样子。此处指初升的太阳。

[3] 槛（jiàn）：栏杆。

[4] 安驱：慢慢地行走。

[5] 皎皎：天色明亮的样子。

[6] 龙辀（zhōu）：龙车，即太阳神所乘的车。辀，本是车辕横木，泛指车。雷：指以雷为车轮，所以说是乘雷。《淮南子·原道训》："电以为鞭策，雷以为车轮。"

[7] 云旗：太阳在天空升起，周围有很多云彩，被诗人想象为太阳神车上飘动的旗帜。

[8] 上：升起。

[9] 低徊：迟疑不进。顾怀：眷恋。

[10] 声色：太阳升起时的声势和容采。此处指迎神、娱神时歌舞迷人的场面。

[11] 緪（gēng）：急促地弹奏。交鼓：指彼此鼓声交相应和。交，对击。

[12] 箫钟：用力撞钟。箫，击。瑶簴（jù）：指钟响而簴受到震动产生共鸣。瑶，通"摇"，震动。簴，悬挂钟鼓的的架子。

[13] 篪（chí）：古代一种类似笛子的管乐器，有八孔。

[14] 灵保：指祭祀时扮神的巫，即东君。

[15] 翾（xuān）飞：轻轻地飞。此处指舞蹈的人轻轻地飞舞。翾，小飞。翠：通"踤"，此处指舞步急促。曾：通"翶"，飞起。

[16] 展诗：展开诗章来唱。诗，指配合舞蹈的曲词。会舞：指众巫合舞。

[17] 应律：指歌曲协合音律。合节：指舞蹈符合音乐的节拍。节，节拍。

[18] 灵：指众神。

[19] 矢：箭。天狼：星名，即天狼星，相传是主侵掠之兆的恶星。此处的"射天狼"是希望神能为人类除害。

[20] 弧：木制的弓，此处指弧矢星，共有九星，形似弓箭，位于天狼星的东南。

洪兴祖《楚辞补注》引《晋志》:“弧,九星,在狼东南,天弓也,主备盗贼。”反:同“返”,指返身西向。沦降:使……沉落。

[21] 援:引,拿。桂浆:桂花酿的酒。

[22] 撰:控制。辔:缰绳。

[23] 杳:幽深的样子。冥冥:黑暗。东行:向东远行。

◇译文

温暖的太阳啊从东方升起,太阳的光芒啊照耀着我门前的栏杆。

轻拍我的马啊慢慢地前行,夜色渐明啊天已经亮了。

驾着龙车啊车声隆隆如雷,天上的云彩啊就像旌旗随风飘动。

长长地叹息啊将要升起,心中迟疑不进啊眷恋着故居。

太阳升起的声势和容采啊令人欣喜,观看的人多么安然啊竟忘记了归去。

急促地弹奏琴瑟啊鼓声交相应和,敲击着钟啊钟架也随之震动。

吹起篪啊吹起竽,思念东君啊贤德又美好。

轻轻地飞舞啊舞步急促,展开诗章啊众人一齐舞蹈。

应着音律啊和着节拍,神灵们纷纷降临啊遮天蔽日。

以青云为上衣啊以白虹为下裳,举起长箭啊射杀天狼。

手持我的木弓啊返身西向,拿起北斗星啊斟满桂花酒。

抓紧我的缰绳啊高高飞翔,穿越幽暗的黑夜向东远行。

九歌·河伯[1]

与女游兮九河[2]，冲风起兮横波[3]。
乘水车兮荷盖，驾两龙兮骖螭[4]。
登昆仑兮四望[5]，心飞扬兮浩荡。
日将暮兮怅忘归，惟极浦兮寤怀[6]。
鱼鳞屋兮龙堂[7]，紫贝阙兮朱宫[8]，
灵何为兮水中[9]？乘白鼋兮逐文鱼[10]。
与女游兮河之渚[11]，流澌纷兮将来下[12]。
子交手兮东行[13]，送美人兮南浦[14]。
波滔滔兮来迎，鱼隣隣兮媵予[15]。

◇注释

[1] 河伯：传说中黄河之神，原名冯夷。洪兴祖《楚辞补注》引《抱朴子·释鬼》："冯夷以八月上庚日渡河溺死，天帝署为河伯。"河，古时为黄河的代称。

[2] 女（rǔ）：同"汝"，你，指河伯。九河：黄河的总名。传说中大禹治水，到兖州境时，就把黄河分成九道，故称黄河为九河。

[3] 冲风：暴风，大风。横波：水波横流。

[4] 骖（cān）螭（chī）：以螭龙为骖。骖，古代用四匹马驾车时，两旁的马叫“骖”。螭，传说中一种无角的龙。

[5] 昆仑：神山名，又称“昆仑虚”“玉山”，黄河的发源地。

[6] 惟：思念。极浦：黄河水边的尽头。寤怀：形容思念至极。寤，醒时。

[7] 鱼鳞屋：以鱼鳞装饰屋子。龙堂：以龙鳞装饰厅堂。

[8] 紫贝阙：以紫贝装饰宫门。阙，宫门。朱宫：以珍珠装饰宫殿。朱，通“珠”。

[9] 灵：神灵，此处指河伯。

[10] 鼋（yuán）：大鳖。逐：追逐，跟随。文鱼：有花纹的鲤鱼。

[11] 渚（zhǔ）：水中的小块陆地。

[12] 流澌（sī）：江河解冻时流动的冰块。纷：形容水流飞泻的样子。

[13] 交手：拱手告别。古人离别时执手相拜，形容不忍分离。

[14] 美人：此处指河伯。南浦：向阳的水岸边。

[15] 隣隣（lín）：通“鄰鄰”，一排排，形容众多的样子。媵（yìng）：原指随嫁或陪嫁的人，此处用作动词，指送别。

◇译文

与您一起游览啊在那黄河，大风吹起啊水波横流。

我们以水为车啊以荷叶为车盖，两条神龙驾车啊螭龙伴在两旁。

登上昆仑山啊极目四望，这汹涌壮阔的水势啊让我心情激扬。

太阳即将落下啊高兴得忘记归去，思念黄河水边的尽头啊难以入眠。

用鱼鳞装饰屋子啊用龙鳞装饰厅堂，用紫贝装饰宫门啊用珍珠装饰宫殿。

河伯啊您为什么居住在水中？乘着大鳖啊追逐花鲤鱼。

与您一起游览啊在那黄河中的小洲，夹着冰块的水流啊随着我们一起飞泻而下。

您拱手与我告别啊向东方行去，我送别您啊一直到南边的水岸。

滔滔的波浪啊奔涌来迎，鱼儿一排排的啊与我道别。

九歌·山鬼[1]

若有人兮山之阿[2]，被薜荔兮带女罗[3]。
既含睇兮又宜笑[4]，子慕予兮善窈窕[5]。
乘赤豹兮从文狸[6]，辛夷车兮结桂旗[7]。
被石兰兮带杜衡，折芳馨兮遗所思[8]。
余处幽篁兮终不见天[9]，路险难兮独后来[10]。
表独立兮山之上[11]，云容容兮而在下[12]。
杳冥冥兮羌昼晦[13]，东风飘兮神灵雨[14]。
留灵修兮憺忘归[15]，岁既晏兮孰华予[16]。
采三秀兮于山间[17]，石磊磊兮葛蔓蔓[18]。
怨公子兮怅忘归[19]，君思我兮不得闲[20]。
山中人兮芳杜若[21]，饮石泉兮荫松柏[22]。
君思我兮然疑作[23]，
雷填填兮雨冥冥[24]，猨啾啾兮又夜鸣[25]。
风飒飒兮木萧萧[26]，思公子兮徒离忧。

◇注释

[1] 山鬼：即山神，因为未获天帝正式册封在正神之列，故称山鬼。

[2] 若：好像。山之阿（ē）：山坳的深处。

[3] 被（pī）：通“披”。薜荔：香草名，又名木莲。带女罗：以女罗为衣带。女罗，香草名，即松萝，一种蔓生植物。

[4] 含睇：含情而视。睇（dì），看。宜笑：适宜于笑。此处指笑得很美。

[5] 子：山鬼对所爱慕之人的称呼。窈窕：美丽娴静的样子。

[6] 赤豹：皮毛呈红色，有黑色花纹的豹。从：跟从。文狸：毛色有花纹的狸。文，花纹。狸，狐一类的兽。

[7] 辛夷车：用辛夷木制作的车驾。结桂旗：用桂枝编结的旗子。

[8] 遗（wèi）：赠。所思：被思念者。

[9] 余：我，山鬼自称。篁：竹林。

[10] 后来：来迟。

[11] 表：形容特立、突出的样子。

[12] 容容：即“溶溶”，此处指云气涌动的样子。

[13] 杳冥冥：幽深昏暗的样子。羌：发语词。昼晦：白日光线昏暗的样子。

[14] 神灵雨：神灵降下雨水。神灵，指雨神。

[15] 灵修：指山鬼对爱人的尊称。

[16] 岁既晏（yàn）：年岁已老。晏，迟，晚。华予：让我像花一样绽放。华，通“花”，此处作动词，开花。

[17] 三秀：即灵芝草。因其一年开三次花，结穗三次，故称“三秀”。传说为巫山神女的精魂所化，服食后能够延年益寿。

[18] 磊磊：众多石头堆积的样子。葛：葛草。蔓蔓：藤蔓缠绕的样子。

[19] 公子：指山鬼所思之人。怅：怅惘，失意。

[20] 君：山鬼称爱人。不得闲：没有空闲。

[21] 山中人：此处为山鬼自称。芳杜若：芬芳像杜若一般，比喻香洁。

[22] 饮石泉：喝着山石中流出的泉水。荫松柏：以松柏为荫。

[23] 然疑作：信任与疑虑并生，信疑参半。然，相信。疑，怀疑。作，起，产生。

[24] 填填：雷鸣声。

[25] 猨：同“猿”。啾啾：猿叫声。又：当作狖（yòu），长尾猿。

[26] 飒飒：风吹声。萧萧：风吹落树叶的声音。

◇译文

隐约有人啊在那山坳的深处，身披薜荔啊以松萝为衣带。

含情脉脉啊又笑容灿烂，你爱慕我的姿容啊美丽娴静。

乘着赤豹啊跟从花狸，用辛夷木制作的车驾啊用桂枝编结的旗子。

身披石兰啊佩带杜若，采摘鲜花啊送给思念的人。

我居住在幽深的竹林啊常年不见天日，道路艰险难行啊使我来迟。

我一个人啊站在山巅上，云气涌动啊飘在脚下。

幽深昏暗啊白昼如黑夜，东风吹过啊神灵降下雨水。

想要挽留住思慕的人啊使他忘记归去，年岁已老啊谁能让我重返花季？

采取灵芝啊在那山林间，石头到处堆积啊葛草藤蔓缠绕。

怨恨思念的人啊惆怅忘记归去，你或许也思念我啊只是没有空闲。

我这山中之人啊芳香如杜若一般，饮用石间的清泉啊在松柏下乘荫。

你思念我啊却又信疑参半。

雷声隆隆作响啊雨绵绵，猿啾啾鸣叫啊狖在夜间叫唤不停。

风声飒飒作响啊树叶萧萧落下，深深思念着你啊却徒然遭受忧愁。

九歌·国殇[1]

操吴戈兮被犀甲[2]，车错毂兮短兵接[3]。
旌蔽日兮敌若云[4]，矢交坠兮士争先[5]。
凌余阵兮躐余行[6]，左骖殪兮右刃伤[7]。
霾两轮兮絷四马[8]，援玉枹兮击鸣鼓[9]。
天时坠兮威灵怒[10]，严杀尽兮弃原野[11]。
出不入兮往不反[12]，平原忽兮路超远[13]。
带长剑兮挟秦弓[14]，首身离兮心不惩[15]。
诚既勇兮又以武[16]，终刚强兮不可凌[17]。
身既死兮神以灵[18]，子魂魄兮为鬼雄[19]。

◇注释

[1] 国殇：指为国捐躯的战士。殇，指未成年而死，也指死难的人。戴震《屈原赋注》：“国殇，死国事者。”本篇是楚人祭祀为国捐躯的战士的乐歌，故称“国殇”。

[2] 操：持，挥舞。吴戈：兵器名，吴国制造的戈，因其锋利而著名。此处指

制造精良的兵器。戈，古代作战常用的一种兵器，由青铜铸造。被（pī）：通“披”，穿着。犀甲：犀牛皮制作的铠甲，特别坚硬。一作牛皮制作的铠甲，亦称“犀甲”。

[3] 错毂（gǔ）：指敌我双方作战时，战车的轮轴相互碰撞。错，交错。毂，战车的轮轴。短兵：指近距离作战时使用的刀剑一类的短兵器。此处是形容战事之激烈。

[4] 旌蔽日：旌旗遮蔽了日光。敌若云：敌兵像云一样涌上来。此处是形容敌军数量之多。

[5] 矢交坠：两军相射的箭纷纷坠落在阵地上。

[6] 凌：侵犯。躐（liè）：践踏。行：指军队的行列。

[7] 左骖（cān）殪（yì）：左边的骖马被杀，倒地而死。殪，死。右刃伤：右边的骖马被兵刃所伤。刃，兵刃。一说是“服”的误字，服马。

[8] 霾（mái）：通“埋”，埋住。絷（zhí）：绊住。此处指“埋轮缚马”的战术，即把兵车的两轮用土埋住，不使其转动，用绳子将战马的腿绊住，不使其动弹。表示断绝后路，坚守不退。

[9] 援：拿，抡起。玉枹（fú）：镶嵌着玉的鼓槌。枹，同“桴”，鼓槌。击鸣鼓：击打着声音响亮的战鼓。鸣鼓，声音响亮的战鼓。

[10] 天时坠：天地昏暗。天时，上天。坠（duì），通“怼”，怨恨。威灵怒：威严的神灵也发怒了。威灵，威严的神灵。

[11] 严杀尽：在严酷的厮杀中，士兵们全都战死了。严杀，严酷的厮杀。尽，皆，全都。弃原野：战士们的尸骨被丢弃在旷野上。

[12] 出不入：指壮士出征后，就决心以死报国，不再返回。与“往不反”互文见义。反：通“返”。

[13] 忽：渺茫的样子。超远：遥远无尽头。

[14] 秦弓：兵器名，秦地制造的弓，因其质地坚且射程远而著名。此处指良弓。

[15] 首身离：身首异处。心不惩：心中的壮志不因打击而消减。惩，悔恨。

[16] 诚：诚然，确实。勇：勇敢。武：威武，勇猛。

[17] 终：始终。

[18] 神以灵：指死而有知，英灵不泯。神，指精神。

[19] 子：对战士亡灵的尊称。魂魄：即灵魂。古人认为能够脱离人体而存在的一种精神实体，附体则生，离体则死。鬼雄：鬼中的豪杰。

◇译文

手持吴戈啊身披犀甲，战车的车轴交错啊敌我双方刀剑相向。

旌旗遮蔽了日光啊敌军像云一样多，两军相射的箭纷纷坠落啊士兵们争先奋战。

侵犯我军的阵地啊践踏我军的队列，左边的骖马倒地而死啊右边的骖马被兵刃刺伤。

埋住战车的车轮啊绊住战马的腿，抡起镶玉的鼓槌啊击打着声音响亮的战鼓。

天地昏暗啊威严的神灵也发怒了，在严酷的厮杀中战死的士兵啊尸骨被丢弃在旷野上。

将士们以死报国啊出征后就不再返回，平野辽阔啊路途遥远。

佩带长剑啊用胳膊夹着秦弓，身首异处啊心中的壮志却不消减。

将士们确实勇敢啊又威武，始终刚强不屈啊不可被侵凌。

虽然身死啊却英灵不泯，你们的魂魄啊也是鬼中的豪杰。

九歌·礼魂[1]

成礼兮会鼓[2]，

传芭兮代舞[3]，

姱女倡兮容与[4]。

春兰兮秋菊，

长无绝兮终古[5]。

◇注释

[1] 礼魂：送神曲，送神是宗教祭祀结束时表示欢庆的仪式。魂，也就是神。《通释》：“魂，亦神也。”

[2] 成礼：指完成祭祀之礼。会鼓：形容鼓点密集，鼓声齐鸣。会，聚集。

[3] 传芭（pā）：指女巫舞蹈时，手中的鲜花相互传递。芭，通“葩”，鲜花。代舞：相互交替着跳舞。代，更替。

[4] 姱（kuā）女：美丽的女巫。倡：同“唱”，歌唱。

[5] 长无绝：绵长而不断绝。终古：久远。

◇**译文**

完成了祭礼啊齐声击鼓奏乐，

传递鲜花啊交替着舞蹈，

美丽的女巫领唱啊从容大方，

春天祭以兰花啊秋天祭以菊花，

绵长不绝啊直到永久。

九章·惜诵[1]

惜诵以致愍兮[2]，发愤以杼情。

所作忠而言之兮[3]，指苍天以为正。

令五帝以枂中兮[4]，戒六神与向服[5]。

俾山川以备御兮[6]，命咎繇使听直[7]。

竭忠诚以事君兮，反离群而赘肬[8]。

忘儇媚以背众兮[9]，待明君其知之。

言与行其可迹兮，情与貌其不变。

故相臣莫若君兮[10]，所以证之不远。

吾谊先君而后身兮[11]，羌众人之所仇[12]。

专惟君而无他兮[13]，又众兆之所雠[14]。

壹心而不豫兮[15]，羌不可保也。

疾亲君而无他兮[16]，有招祸之道也。

思君其莫我忠兮，忽忘身之贱贫[17]。

事君而不贰兮，迷不知宠之门[18]。

忠何罪以遇罚兮，亦非余心之所志[19]。

行不群以巅越兮[20]，又众兆之所咍[21]。

纷逢尤以离谤兮[22]，謇不可释。
情沉抑而不达兮，又蔽而莫之白[23]。
心郁邑余侘傺兮[24]，又莫察余之中情。
固烦言不可结诒兮，愿陈志而无路。
退静默而莫余知兮，进号呼又莫吾闻。
申侘傺之烦惑兮，中闷瞀之忳忳[25]。
昔余梦登天兮，魂中道而无杭[26]。
吾使厉神占之兮[27]，曰有志极而无旁[28]。
终危独以离异兮[29]，曰君可思而不可恃[30]。
故众口其铄金兮[31]，初若是而逢殆[32]。
惩于羹者而吹韲兮[33]，何不变此志也？
欲释阶而登天兮，犹有曩之态也[34]。
众骇遽以离心兮[35]，又何以为此伴也[36]？
同极而异路兮，又何以为此援也？
晋申生之孝子兮[37]，父信谗而不好。
行婞直而不豫兮[38]，鲧功用而不就。
吾闻作忠以造怨兮[39]，忽谓之过言。
九折臂而成医兮[40]，吾至今而知其信然。
矰弋机而在上兮[41]，罻罗张而在下。
设张辟以娱君兮[42]，愿侧身而无所[43]。
欲儃佪以干傺兮[44]，恐重患而离尤。
欲高飞而远集兮[45]，君罔谓汝何之。
欲横奔而失路兮[46]，坚志而不忍。
背膺牉以交痛兮[47]，心郁结而纡轸[48]。

梼木兰以矫蕙兮[49]，糳申椒以为粮[50]。

播江离与滋菊兮[51]，愿春日以为糗芳[52]。

恐情质之不信兮[53]，故重著以自明[54]。

矫兹媚以私处兮[55]，愿曾思而远身[56]。

◇注释

[1] 九章：《楚辞》篇名。“九章”是屈原《惜诵》《涉江》《哀郢》《抽思》《怀沙》《思美人》《惜往日》《橘颂》《悲回风》九篇作品的合称。九，篇章的数目。章，篇章。惜诵：《惜诵》为《九章》第一篇，结构与《离骚》前半篇相似，有“小离骚”之称。诗人以痛惜的心情来陈述自己因直言进谏而遭受谗言被疏远之事。惜，哀痛。诵，进谏。

[2] 致愍（mǐn）：招致忧患。愍，痛心的事。

[3] 所作：即“所非”，古代誓词的习惯用语。作，“非”的误字。

[4] 五帝：神话传说中的五方神祇，分别是东方太皞，南方炎帝，西方少昊，北方颛顼，中央黄帝。枏（xī）中：依据法律条文来公正判断。枏，即“折”“析”，分辨，判断。

[5] 戒：警戒。此处指请。六神：神话传说中的六宗之神。六宗说法不一：一说为四时、寒暑、日、月、星、水旱。一说为星、辰、风伯、雨师、司中、司命。一说日、月、星辰、太山、河、海。向服：对证有无罪状。向，对证。服，事实。

[6] 俾（bǐ）：使。山川：指名山大川之神。备御：陪侍。此处指陪审。御，侍。

[7] 咎（gāo）繇（yáo）：即皋陶。传说中虞舜时期执掌刑狱的大法官。听直：判决是非曲直。

[8] 赘肬（yóu）：身上的肉瘤。比喻多余而无用之物。蒋骥《山带阁注楚辞》：

“如赘肉之无所用，而为人所憎也。”

[9] 忘：“亡”的误字，无。儇（xuān）媚：轻佻谄媚的行为。儇，聪慧而狡黠。背众：违背众人，即离群。

[10] 相臣：审察臣子。相，观察，判断。

[11] 谊：同“宜”“义”，应当。

[12] 羌：楚地方言，发语词。仇：怨。一本“仇”下有“也”字。

[13] 专惟君：专心为君王着想。惟，思，想。

[14] 众兆：众人。此处指楚国那些谗佞小人。雠（chóu）：同“仇”，指仇敌。

[15] 不豫：不犹豫。

[16] 疾：迫切。

[17] 贱贫：低贱贫困。此处指遭遇楚怀王的疏远后失去高官厚禄的情况。

[18] 宠之门：指获得君王宠幸的门径。

[19] 志：通“知”，明白。

[20] 不群：与众不同，不合群。巅越：殒坠，坠落。巅，同“颠”，殒。越，坠。此处指失败。

[21] 咍（hāi）：楚地方言，嘲笑。

[22] 逢尤：遭到罪责。离谤：遭到诽谤。

[23] 蔽：遮蔽。此处指压抑。白：表白，表露。

[24] 郁邑：忧愁郁闷的样子。侘（chà）傺（chì）：失意惆怅的样子。

[25] 闷瞀（mào）：心绪烦乱的样子。闷，烦闷。瞀，错乱。忳（tún）忳：忧伤愁闷的样子。

[26] 中道：中途，半路。杭：通“航”，渡船。

[27] 厉神：主杀罚的神，此处指身附厉神的巫。厉，严正。

[28] 曰：厉神申述占词。志极：志向远大。极，穷，至。旁：辅佐。

[29] 危独：处境危险而孤立无援。

[30] 君：指楚怀王。不可恃：不可依靠，靠不住。

[31] 众口其铄金兮：众口铄金，比喻谗言极其可畏，连金属都熔化了。铄，熔化。

[32] 若是：如此，指直言进谏。殆：危险。

[33] 惩：警戒，提防。羹：此处指热汤。齑（jī）：指切成碎末的菜，属凉菜。

[34] 曩（nǎng）：从前，以往。

[35] 骇遽（jù）：惊骇遑遽。离心：不同心。此处指众人与自己心不合。

[36] 伴：侣。指同道。

[37] 申生：春秋时晋献公的儿子，晋国太子。献公的宠姬骊姬想让自己的儿子奚齐当太子，便多次向献公进谗言，诋毁申生，献公听信谗言，以致逼死申生。

[38] 婞（xìng）直：刚直，耿直。婞，刚强。

[39] 作忠：尽忠心。造怨：造成祸患。指遭受打击。

[40] 九折臂而成医：因手臂多次骨折而积累了医治的经验，自己也就成医生了。此处引用了《左传》中“三折肱知为良医”的话，来比喻自己遭遇多次灾祸的经历已经证明忠直便会遭受打击。九，虚词，多次。

[41] 矰（zēng）弋（yì）：指系着丝绳的短箭。机：机括，此处作动词，发射。

[42] 张辟：指用来捕猎鸟兽的工具。

[43] 侧身：即“厕身”，置身其中。无所：没有处所。此处指想要置身在君王的身边辅佐，却无处容身。

[44] 儃（chán）佪（huái）：徘徊。干（gàn）傺（chì）：寻求机遇。傺，止，停留。

[45] 远集：远就他方。

[46] 横奔：肆意狂奔。失路：迷失正道。此处指变节。

[47] 牉（pàn）：分。

[48] 纡（yū）轸（zhěn）：内心委屈而悲痛。纡，曲。轸，悲痛。

[49] 梼（dǎo）：通“捣”，舂。矫：揉碎。

[50] 糳（zuò）：精细的米。此处作动词，指舂碎。

[51] 播：播种。滋：栽种。

[52] 糗（qiǔ）芳：芳香的干粮。糗，干粮。

[53] 情质：性情本质。不信：无法自白。信，同“伸”，陈述，表白。

[54] 重著：反复申述。自明：表明自身。

[55] 矫：举起。此处指保持。媚：美德。《集注》：“媚，爱也，谓所爱之道也，所守之节也。”

[56] 曾思：反复思考。曾，通“层”，重复。远身：抽身远去，以躲避灾祸。

◇译文

以痛惜的心情陈述痛心的事啊，发泄愤懑抒怀衷情。

所说的话都是出自忠心啊，手指苍天为我作证。

命令五方神祇来公正判断啊，请来六宗之神对证有无罪状。

让名山大川的神灵做陪审啊，命令大法官皋陶来判决是非曲直。

竭尽忠诚来侍奉君主啊，反而遭受排挤而成为多余。

不懂谄媚而违背众人啊，期待能够有明君了解我。

我的言行一致是可以考察的啊，表里如一是不会改变的。

因而审查臣子没有谁比得上君王啊，所需要的取证并不用远求。

我应当先顾及君王而后顾及自身啊，却成为众人所怨恨的对象。

专心为君王着想而没有他求啊，又招致众人的仇恨。

心志专一其毫不犹豫啊，竟然也不能保全自身。

迫切地亲近君王并没有他意啊，竟然成为招致灾祸的根源。

思念君王没有人比我更忠诚啊，忘记了自身的低贱贫困。

侍奉君主而没有二心啊，迷茫不知道获得君王宠幸的门径。

忠诚有什么罪要遭受责罚啊，这并不是我心中能够明白的。

行为与众不同而失败啊，又招致众人的嘲笑。

多次遭逢忧患又受到毁谤啊，却无法解释。

心情沉郁却无法表达啊，又被压抑而不能表白。

内心忧愁郁闷而惆怅失意啊，又没有人能够理解我的衷情。

本来心里的话就杂乱繁多不能总结说与别人听啊，想要陈述心志却没有途径。

隐退沉默便没有人了解我了啊，奔走呼喊又没有人听我说。

再次惆怅失意而心烦意乱啊，内心苦闷而忧心忡忡。

往日我梦见自己登上了天庭啊，魂魄走到了半路却没有了渡船。

我让身附厉神的巫为我占卜啊，他说："你的志向远大却没有同伴。"

"我最终会处境危险而孤立无援吗？"他说："君王可以思慕却不能依靠。

因此众人一起谗毁的谣言连金子都能熔化啊，当初你直言进谏才会遭逢灾祸。

害怕被热汤烫伤遇到凉菜也要先吹一吹啊，为什么不改变你的心志呢？

想要扔掉梯子而登上天庭啊，你就仍然是从前的境况。

众人惊骇遑遽而与你的心志不合，又怎么能够结成同伴呢？

目的相同而道路不同啊，又如何能够获得他们的援助呢？

晋国申生那样的孝子啊，父亲也会听信谗言不喜欢他。

行为刚直而不懂变通啊，鲧的功业因此不能完成。"

我听说因为尽忠而遭受打击啊，并不在意，认为那是言过其实。

手臂多次骨折的治疗经验让自己都成为良医啊，我到现在才明白这是真的。

短箭装到机括朝向天上啊，罗网就张设在地面。

设置捕猎的工具来娱乐啊，想要置身君王身边却无处容身。

想要寻求机遇而徘徊不定啊，又害怕增加灾祸而遭遇忧患。

想要高高飞起而远就他方啊，君王又问你要去哪里？

想要肆意狂奔而迷失正道啊，却又坚守心志不改变。

后背如裂开一般疼痛啊，心中郁闷纠结而委屈悲痛。

捣碎木兰揉碎蕙草啊，捣碎申椒作为粮食。

播种江离并栽种菊花啊，希望春天用它做芳香的干粮。

担心性情本质无法自白啊，因此反复申述以表明自身。

我要保持这些美德而独处啊，希望反复思考后抽身远去，躲避灾祸。

九章·涉江[1]

余幼好此奇服兮[2]，年既老而不衰[3]。

带长铗之陆离兮[4]，冠切云之崔嵬[5]。被明月兮珮宝璐[6]。

世溷浊而莫余知兮[7]，吾方高驰而不顾[8]。

驾青虬兮骖白螭，吾与重华游兮瑶之圃[9]。

登昆仑兮食玉英[10]，与天地兮同寿，与日月兮同光。

哀南夷之莫吾知兮[11]，旦余济乎江湘[12]。

乘鄂渚而反顾兮[13]，欸秋冬之绪风[14]。

步余马兮山皋[15]，邸余车兮方林[16]。

乘舲船余上沅兮[17]，齐吴榜以击汰[18]。

船容与而不进兮[19]，淹回水而疑滞[20]。

朝发枉陼兮[21]，夕宿辰阳[22]。

苟余心其端直兮[23]，虽僻远之何伤。

入溆浦余儃徊兮[24]，迷不知吾所如[25]。

深林杳以冥冥兮，猿狖之所居。

山峻高以蔽日兮，下幽晦以多雨[26]。

霰雪纷其无垠兮[27]，云霏霏而承宇[28]。

哀吾生之无乐兮，幽独处乎山中。

吾不能变心而从俗兮，固将愁苦而终穷[29]。

接舆髡首兮[30]，桑扈臝行[31]。

忠不必用兮，贤不必以[32]。

伍子逢殃兮[33]，比干菹醢。

与前世而皆然兮[34]，吾又何怨乎今之人！

余将董道而不豫兮[35]，固将重昏而终身[36]！

乱曰：鸾鸟凤皇[37]，日以远兮[38]。

燕雀乌鹊[39]，巢堂坛兮[40]。

露申辛夷[41]，死林薄兮[42]。

腥臊并御[43]，芳不得薄兮[44]。

阴阳易位[45]，时不当兮[46]。

怀信侘傺[47]，忽乎吾将行兮[48]！

◇注释

[1] 涉江：本篇是屈原晚年远放江南时创作，记叙了渡江而南，溯沅水而西上，幽然独处深山的旅程，抒发了诗人郁郁不得志的怨愤之情。

[2] 好：喜好，爱好。奇服：新奇的服饰。此处是比喻自己的品行高洁，与众不同。

[3] 衰：衰退。

[4] 长铗（jiá）：长剑。铗，剑柄，此处指剑。陆离：长长的样子。

[5] 冠：帽子。此处作动词，戴帽子。切云：帽子的一种。崔嵬：高耸的样子。

[6] 被：同“披”，戴着。明月：一种夜间能发光的珠子，有如月光，故名。

璐：美玉。

[7] 溷浊：混浊，污浊。溷，通“混”。莫余知：即“莫知余”，没有人懂得我。

[8] 方：将，将要。高驰：远走高飞。顾：回头，回头看。

[9] 瑶之圃：盛产美玉的花园，神话传说中天帝居住的地方。瑶，美玉。圃，花园。

[10] 玉英：玉树开的花，传说中食之能长生。英，花。

[11] 南夷：南方人。此处指屈原流放的楚国南部的土著民族。夷，古代中原地区的统治阶级对周边少数民族的称呼。

[12] 旦：早晨。济：渡，过河。湘：湘江。

[13] 鄂渚：地名，在今湖北鄂州。反顾：回头看。

[14] 欸（āi）：叹息。绪风：余风。

[15] 步余马：让马徐行。步，使行走。皋：岸，水边高地。

[16] 邸：同“抵”，至，停。方林：地名，在洞庭湖一带。

[17] 舲（líng）船：有窗户的小船。上沅：沿着沅水溯流而上。

[18] 齐：共同，同时。吴榜：大的船桨。击汰：击打着水波。

[19] 容与：缓慢的样子。

[20] 淹：停留。回水：回旋的水。疑（níng）滞：即“凝滞”，遭遇困阻而停滞不前。此处指小船徘徊在回旋的水流中停滞不前。

[21] 枉陼：地名，沅水中的一个小湾，在辰阳以东。陼，同“渚”。

[22] 辰阳：地名，在辰水之阳，故名。

[23] 苟：如果。端直：正直。端，正。

[24] 溆（xù）浦：地名，溆水之滨。

[25] 迷：迷乱，迷惑。如：到，往。

[26] 幽晦：幽深昏暗的样子。

[27] 霰：小冰粒，小雪珠。纷：繁多的样子。无垠：辽阔没有边际。

[28] 霏霏：盛多的样子。此处指云气浓重。承宇：（云气）弥漫天空。承，弥漫。宇，天空。

[29] 固：固然，必定。终穷：终生困厄。穷，穷苦。

[30] 接舆：即陆通，春秋时楚国的隐士，与孔子同时代。据说此人佯狂不仕，《论语》有“楚狂接舆”的描述。髡（kūn）首：即剃发，古代刑罚之一。传说中接舆因对当时的政治不满，自己剃去头发，隐去姓名，避世不出仕。

[31] 桑扈：即子桑户，又名子桑伯子，古代的隐士。臝行：裸体而行。此处指桑扈用裸体行走来表示自己的愤世嫉俗。臝，同“裸”。

[32] 不必以：不一定能得到重用。以，用。

[33] 伍子：即伍子胥，春秋时楚国人，出逃后被吴王重用。逢殃：指伍子胥被吴王夫差杀害。伍子胥曾多次谏言吴王夫差杀勾践，夫差不听，反而听信伯嚭的谗言，逼他自杀。

[34] 与（jǔ）：同“举”，全。皆然：都是这样。

[35] 董道：坚守正道。董，正。豫：犹豫。

[36] 重昏：重复暗昧，看不到光明。此处指不断遭遇忧患。

[37] 鸾鸟凤皇：古人认为鸾鸟与凤凰是能带来祥瑞的鸟，此处比喻贤才。

[38] 远：远离。此处指贤才远离朝廷。

[39] 燕雀乌鹊：此处比喻那些谄佞之人。

[40] 巢：鸟巢，鸟窝。此处是筑巢的意思。堂：朝堂、庙堂，古时天子与朝臣议政、祭祀的地方。坛：祭坛，用土筑成的高台。

[41] 露申：香木名，即瑞香花。

[42] 林薄：草木丛生的地方。

[43] 腥臊：恶臭的气味。此处比喻那些奸邪小人。御：进用。

[44] 芳：芳香的花草。此处比喻忠直的贤人。薄：靠近。

[45] 阴阳易位：此处指楚国的社会政治颠倒混乱，奸佞小人被重用，贤人君子却被斥逐。

[46] 当：合宜。

[47] 怀信：怀抱忠诚的信念。

[48] 忽：恍惚，茫然。行：远行。

◇译文

我从小就喜好这身新奇的服饰啊，即便年纪已经老了也没有衰减。

佩带着长长的宝剑啊，头戴高高的帽子。身披明月珠啊腰间佩带着宝玉。

世道混浊而没有人了解我啊，我正高高飞驰而去不回头看。

驾着青色的虬龙啊两侧有白色的螭龙相伴，我和重华一起游览啊在那盛产美玉的花园。

登上昆仑山啊品尝那玉树的花，要和天地啊一样长寿，要和日月啊一样光辉灿烂。

哀叹南方的人民没人了解我啊，清晨我将渡过那湘江。

登上鄂渚回头看去啊，叹息秋冬的风大。

让我的马啊沿着山间的水边行走，让我的车驾啊在方林停留。

我乘坐小船沿着沅水上溯啊，一齐划动船桨击打着水波。

小船徘徊着不能前进啊，在回旋的水流中停滞不前。

清晨从枉陼出发啊，傍晚留宿在辰阳。

如果我的心志是正直的啊，即便被放逐到偏远的地方又有什么可伤心的呢？

进入溆水之滨我却徘徊啊，心中迷惑的我不知道该去往哪里。

幽深的树林昏暗不明啊，乃是猿狖所居住的地方。

山峰高耸峻峭遮住了太阳啊，山下幽暗不明阴雨绵绵。

小雪珠纷纷落下无边无际啊，云气浓重弥漫着天空。

哀叹我的一生没有什么欢乐啊，一个人隐居在这山林中。

我不能改变心志跟从世俗啊，自然将会忧愁苦闷而终生困厄。

陆通剃发避世啊，子桑户裸体而行。

忠臣不一定能得到任用啊，贤人也不一定被重用。

伍子胥被逼自杀啊，比干被剁成肉酱。

全部的前代都是这样啊，我又何必怨恨现今的君王呢？

我将坚守正道毫不犹豫啊，自然将会在不断遭遇灾祸中过一生。

结语：鸾鸟凤凰，日渐远离啊。

燕雀乌鹊，在朝堂筑巢啊。

露申辛夷，在草木丛生的地方枯死啊。

恶臭的气味一齐被君王取用，芳香的花草却不能靠近君王啊。

阴阳颠倒混乱，是生不逢时啊。

怀抱忠诚却惆怅失意啊，我茫然啊，还是远行吧。

九章·哀郢[1]

皇天之不纯命兮[2]，何百姓之震愆[3]？
民离散而相失兮，方仲春而东迁[4]。
去故乡而就远兮[5]，遵江夏以流亡[6]。
出国门而轸怀兮[7]，甲之鼂吾以行[8]。
发郢都而去闾兮[9]，荒忽其焉极[10]？
楫齐扬以容与兮[11]，哀见君而不再得[12]。
望长楸而太息兮[13]，涕淫淫其若霰[14]。
过夏首而西浮兮[15]，顾龙门而不见[16]。
心婵媛而伤怀兮[17]，眇不知其所蹠[18]。
顺风波以从流兮[19]，焉洋洋而为客[20]。
凌阳侯之氾滥兮[21]，忽翱翔之焉薄[22]。
心絓结而不解兮[23]，思蹇产而不释[24]。
将运舟而下浮兮[25]，上洞庭而下江[26]。
去终古之所居兮[27]，今逍遥而来东[28]。
羌灵魂之欲归兮[29]，何须臾而忘反[30]。
背夏浦而西思兮[31]，哀故都之日远[32]。

登大坟以远望兮[33]，聊以舒吾忧心[34]。
哀州土之平乐兮[35]，悲江介之遗风[36]。
当陵阳之焉至兮[37]，淼南渡之焉如[38]？
曾不知夏之为丘兮[39]，孰两东门之可芜[40]？
心不怡之长久兮[41]，忧与愁其相接。
惟郢路之辽远兮[42]，江与夏之不可涉[43]。
忽若不信兮[44]，至今九年而不复[45]。
惨郁郁而不通兮[46]，蹇侘傺而含戚[47]。
外承欢之汋约兮[48]，谌荏弱而难持[49]。
忠湛湛而愿进兮[50]，妒被离而鄣之[51]。
尧舜之抗行兮[52]，瞭杳杳而薄天[53]。
众谗人之嫉妒兮，被以不慈之伪名[54]。
憎愠惀之修美兮[55]，好夫人之忼慨[56]。
众踥蹀而日进兮[57]，美超远而逾迈[58]。
乱曰：曼余目以流观兮[59]，冀壹反之何时[60]？
鸟飞反故乡兮[61]，狐死必首丘[62]。
信非吾罪而弃逐兮[63]，何日夜而忘之[64]？

◇注释

[1] 哀郢（yǐng）：即悼念楚国。此诗是屈原被流放在江南时期，恰逢楚怀王入秦不返而顷襄王新立之时，寄托了诗人对楚国和郢都的怀念，对自己遭遇谗言被贬的悲愤以及对人民疾苦的同情。郢，郢都，战国时期楚国都城。

[2] 皇天：古人对天的尊称。皇，大。不纯命：指天命无常，福祸难测。纯，

始终如一。

[3] 百姓：百官，此处指楚国的贵族、官僚。震愆（qiān）：惊恐失态。震，震惊。愆，过失，罪过。

[4] 方：正当。仲春：夏历二月。东迁：向东逃难。迁，迁徙，指逃难。

[5] 去：离去，离开。故乡：此处指郢都。就：趋，往。

[6] 遵：循，沿着。江夏：指长江和夏水。夏，即夏水，古水名，是长江的分流。流亡：流放。

[7] 国门：国都的城门。轸（zhěn）怀：悲痛地怀念。

[8] 甲：甲日。古时是以天干地支来纪年、月、日的，甲是天干的第一位。鼌（zhāo）：同“朝”，早晨。

[9] 闾：里巷的大门。此处指故乡。

[10] 怊（chāo）：怊怅，悲痛失意的样子。荒忽：同“恍惚”，心绪不定的样子。焉极：何极，哪里是尽头。指前途迷茫。

[11] 楫（jí）：船桨。齐扬：一齐举起。容与：缓缓前行的样子。

[12] 哀：悲痛。君：指楚王。

[13] 长楸（qiū）：高大的楸树。楸，树名，即梓树，落叶乔木。古人常在宅院旁种桑树、梓树，因此，常以“桑梓”代指故乡。太息：叹息。

[14] 涕：泪水。淫淫：泪流满面的样子。

[15] 过：经过。夏首：地名，夏水由长江分出的起点。西浮：船向西漂浮。

[16] 龙门：郢都的东城门。

[17] 婵（chán）媛（yuán）：心中的情思缠绵不绝。

[18] 眇（miǎo）：同“渺”，辽远。蹠（zhí）：践。此处指落脚之处。

[19] 顺风波：顺风随波。从流：顺流而下。

[20] 焉：兼词，于是，于此。洋洋：漂泊无依的样子。客：漂泊者。

[21] 凌：乘。阳侯：古代传说中的波涛之神，此处指波涛。氾滥：形容波涛汹涌的样子。

[22] 翱翔：在天空中回旋飞翔。此处指漂流的样子。焉薄：在何处可以止息？

[23] 絓（guà）结：心中因牵挂而郁结愁闷。结，郁结。不解：无法解开，不能释怀。

[24] 蹇（jiǎn）产：思绪曲折纠缠，不能舒展。释：释然，消除。

[25] 运舟：行舟。下浮：顺着江流东下。

[26] 上洞庭：指逆流而上进入洞庭湖。下江：指沿长江顺流而下。

[27] 去：离开。终古之所居：楚国世代祖先居住的地方，指郢都。终古，年代久远。

[28] 逍遥：无拘无束，自由自在的样子。此处指漂泊。

[29] 羌（qiāng）：发语词，楚方言。

[30] 须臾：片刻，形容时间短暂。反：同“返”。

[31] 背：指离开。夏浦：地名，即夏首。西思：即“思西”，指思念西方的郢都。

[32] 故都：指郢都。

[33] 坟：指江岸边的高地。

[34] 聊：姑且。舒：舒展。

[35] 州土：指楚国的大地。平乐：土地平坦开阔，人民安居乐业。

[36] 江介：指长江两岸。介，边，畔。遗风：古代遗留下来的淳朴民风。

[37] 当：值。指到达。陵阳：地名，在今安徽省青阳县南。焉至：到哪里去。至，到。

[38] 淼（miǎo）：水面辽阔的样子。南渡：向南渡过长江抵达陵阳。焉如：去往哪里？如，往，去。

[39] 曾不知：竟不知。夏：同“厦”，高大的房屋。此处指楚国都城的宫殿。

丘：丘墟。

[40] 孰：谁。两东门：郢都东关的两座城门。芜：荒芜。

[41] 怡：快乐。

[42] 惟：发语词。郢路：通向郢都的路途。辽远：遥远。

[43] 江：长江。夏：夏水。涉：渡水。

[44] 忽若：忽然，突然。去：离开，指被流放。不信：指不被任用。

[45] 九年而不复：一连九年都不能返回郢都。复，指返回郢都。

[46] 郁郁：忧愁的样子。不通：指心情忧郁不畅。

[47] 蹇：发语词，楚方言。戚：忧伤。

[48] 承欢：指奉承讨好君王。汋约：即“绰约”，美好的样子，这里指小人谄媚。

[49] 谌：诚，确实。荏（rěn）弱：软弱，柔弱。难持：指靠不住。持，同“恃”，依靠。

[50] 湛湛：厚重的样子。进：进用。

[51] 妒：指那些谗妒小人。被离：即“披离”，纷乱的样子。被，同“披”。鄣：同“障”，阻碍。

[52] 抗行：高尚的德行。抗，通“亢”，高尚，伟大。

[53] 杳杳：远大的样子。薄：迫近。

[54] 被（pī）：覆盖，指横加在身上。不慈之伪名：不慈爱的虚假名声。不慈，不爱自己的儿子。指尧、舜禅让天下于贤人，而不传位于自己的儿子，战国时有人认为这是“不慈”。《庄子·盗跖》：“尧不慈，舜不孝，……皆以利惑其真，而强反其情性，其行乃甚可羞也。”伪名，与事实不符的名声。

[55] 憎：憎恶。愠（yùn）惀（lǔn）：忠诚蕴积于心却不善表达。修美：高洁美好。

[56] 好（hào）：爱好，喜欢。夫（fú）人：彼人，那些人。指谗佞小人。忼慨：同慷慨，能说会道，情绪激昂。

[57] 众：此处指那些表面装腔作势故作激昂慷慨之态的谗佞小人。踥（qiè）蹀（dié）：小步奔走的样子。日进：越来越被进用提拔。

[58] 美：美人，指忠贤之人。超：远。逾迈：即“愈迈”，越来越远离朝廷。

[59] 曼：延长，放远。流观：四处巡视观望。

[60] 冀：希望。壹反：即“壹返”，指返回郢都一次。

[61] 反：同“返”，返回。

[62] 必：必定。首丘：头朝着自己出生的山丘。

[63] 信：实在，确实。弃逐：指被放逐。

[64] 之：指故乡郢都。

◇译文

天命无常福祸难测啊，为什么百姓们震荡遭殃？

民众流离而相互失散啊，正当仲春却纷纷向东逃难。

远离故乡而去向远方啊，沿着长江和夏水一路流亡。

刚出国都的城门就开始悲切地怀念啊，甲日的清晨我就要远行了。

从郢都出发离开故乡啊，心中惆怅恍惚哪里才是尽头啊？

一齐划动着船桨慢慢前行啊，哀痛不能够再见到君王。

望着高大的楸树长叹啊，泪水像小雪珠一样流下。

经过夏首船向西浮去啊，回头看郢都的东城门已经看不见了。

心中的情思缠绵不绝充满伤感啊，前路渺远不知道在何处落脚。

顺风随波而下啊，于是漂泊无依旅居他乡。

乘着汹涌的波涛啊，就像在空中回旋飞翔的鸟儿，哪里可以栖息呢？

心中牵挂郁结而无法释怀啊，思绪曲折而不能舒展。

将乘着小船顺着江流东下啊，逆流而上进入洞庭湖，沿着长江顺流而下。

离开世代居住的地方啊，如今漂泊到东方。

灵魂多么想要归去啊，哪里有片刻忘记返回故乡？

离开夏首思念西方的郢都啊，哀痛离郢都越来越远。

登上江岸边的高地远远眺望啊，姑且舒展一下我内心的忧思。

哀怜楚国的大地平坦开阔、人民安居乐业，悲叹长江两岸遗留下来的淳朴民风。

到达陵阳后又该去往哪里呢，向南渡过辽阔的长江后又该去往哪里？

竟然不知道高大的宫殿已经成为废墟，谁能料到郢都东关的两座城门已经荒芜。

心中久久地不快乐啊，忧愁啊忧愁。

通向郢都的路途是那么遥远啊，长江与夏水已不能渡过。

突然遭遇流放不被任用啊，到现在已经九年不能返回郢都了。

心中忧愁郁闷而不畅啊，惆怅失意而忧伤不已。

对君王逢迎谄媚一副美好的样子啊，实际上却柔弱靠不住。

忠厚之士想要被任用啊，谗妒的小人却多番阻挠。

尧舜的高尚德行啊，明智高远而迫近云天。

那些谗佞小人心怀嫉妒啊，在他人身上横加不慈爱的虚假名声。

憎恶忠诚而高洁的贤士啊，喜好那些只会慷慨陈词的谗佞小人。

谗佞小人越来越被进用提拔啊，忠贤之人越来越被疏远而远离朝廷。

结语：放眼眺望巡视四方啊，盼望着什么时候能够返回郢都一次？

鸟儿虽然飞远也返回故乡啊，狐狸死去必定头朝着自己出生的山丘。

实在不是因为我有罪过而被放逐啊，哪里有一天忘记自己的故乡郢都？

九章·抽思[1]

心郁郁之忧思兮，独永叹乎增伤[2]。
思蹇产之不释兮，曼遭夜之方长。
悲秋风之动容兮[3]，何回极之浮浮[4]。
数惟荪之多怒兮[5]，伤余心之忧忧。
愿摇起而横奔兮，览民尤以自镇[6]。
结微情以陈词兮[7]，矫以遗夫美人[8]。
昔君与我诚言兮[9]，曰黄昏以为期[10]。
羌中道而回畔兮[11]，反既有此他志。
憍吾以其美好兮[12]，览余以其修姱[13]。
与余言而不信兮，盖为余而造怒[14]。
愿承间而自察兮[15]，心震悼而不敢[16]。
悲夷犹而冀进兮[17]，心怛伤之憺憺[18]。
兹历情以陈辞兮，荪详聋而不闻[19]。
固切人之不媚兮[20]，众果以我为患。
初吾所陈之耿著兮[21]，岂至今其庸亡[22]？
何毒药之謇謇兮[23]，愿荪美之可完。

望三五以为像兮[24]，指彭咸以为仪。

夫何极而不至兮[25]，故远闻而难亏。

善不由外来兮，名不可以虚作[26]。

孰无施而有报兮，孰不实而有获[27]？

少歌曰[28]：与美人抽怨兮[29]，并日夜而无正[30]。

憍吾以其美好兮，敖朕辞而不听[31]。

倡曰[32]：有鸟自南兮，来集汉北。

好姱佳丽兮，牉独处此异域[33]。

既茕独而不群兮[34]，又无良媒在其侧。

道卓远而日忘兮[35]，愿自申而不得。

望北山而流涕兮，临流水而太息。

望孟夏之短夜兮[36]，何晦明之若岁[37]！

惟郢路之辽远兮[38]，魂一夕而九逝[39]。

曾不知路之曲直兮，南指月与列星[40]。

愿径逝而未得兮，魂识路之营营[41]。

何灵魂之信直兮，人之心不与吾心同！

理弱而媒不通兮[42]，尚不知余之从容[43]。

乱曰：长濑湍流[44]，溯江潭兮[45]。

狂顾南行[46]，聊以娱心兮。

轸石崴嵬[47]，蹇吾愿兮[48]。

超回志度[49]，行隐进兮。

低佪夷犹，宿北姑兮。

烦冤瞀容[50]，实沛徂兮[51]。

愁叹苦神[52]，灵遥思兮。

路远处幽，又无行媒兮[53]。

道思作颂[54]，聊以自救兮。

忧心不遂[55]，斯言谁告兮。

◇注释

[1] 抽思：《抽思》为屈原被楚怀王疏远而谪居汉北时所作，抒发了诗人忧心国事、思念郢都，意欲回归不得而心中郁结的情思。

[2] 增伤：更加忧伤。

[3] 动容：摇动。

[4] 回极：四方的天际。回，疑是“四”的误字。浮浮：动荡的样子。

[5] 数（shuò）：多次。惟：思。荪（sūn）：香草名，此处指楚怀王。

[6] 尤：灾祸，忧患。

[7] 微情：谦词，私衷。

[8] 美人：此处指楚怀王。

[9] 诚言：约定的言语。诚，通“成”，定。

[10] 黄昏：代指晚年。期：约定。

[11] 回畔：走回头路，指背叛。

[12] 㤭（jiāo）：通“骄”，骄傲。其：此处指楚怀王。

[13] 览：展示，炫耀。

[14] 蓋：通“盍”，为什么。造怒：发怒。

[15] 承间：找个机会。间，间隙，机会。

[16] 震悼：震惊，惶恐。

[17] 夷犹：犹豫。

[18] 怛（dá）伤：悲伤。憺（dàn）憺：因恐惧而忧心忡忡的样子。

[19] 详（yáng）：通“佯”，佯装。

[20] 切人：正直恳切的人。

[21] 耿著：显著，明白。

[22] 庸：乃，就。亡（wàng）：通“忘”，忘记。

[23] 謇（jiǎn）謇：忠正耿直的样子。

[24] 三五：指三王五霸。三，即夏禹、商汤、周文王三王。五，即先秦时齐桓公、晋文公、楚庄王、吴王阖闾、越王勾践五霸。一说“三皇五帝”。像：榜样。

[25] 极：终极目标。

[26] 虚作：即弄虚作假。

[27] 实：播种。

[28] 少歌：古代乐章的结构组成部分，即《荀子·赋篇·佹诗》的“小歌”。此处指前半部分内容的小结。

[29] 抽怨：一作“抽思”，指剖陈心思，抒发心中郁结。抽，抒发，抒写。

[30] 正：同“证”，论证，评断。

[31] 敖（ào）：通“傲”，轻慢。

[32] 倡：通“唱”，古代乐章的结构组成部分。此处指诗的下半部分的开始。

[33] 胖（pàn）：分离。异域：他乡。此处指诗人谪居的汉北之所。

[34] 茕独：孤独。

[35] 卓远：遥远。卓，通“逴”，远。

[36] 孟夏：夏历的四月。

[37] 晦明：由晦至明，从黑夜到白天。

[38] 郢（yǐng）路：由汉北通往郢都之路。

[39] 魂一夕而九逝：指灵魂一夜之内多次前往郢都。比喻诗人对故乡的思念

深切。逝，去，往。

[40] 南指：向南行的指路标志。

[41] 识（zhì）：辨认。营营：来来往往的样子。

[42] 理：媒人。媒：作动词，说合。

[43] 从容：行为举止。

[44] 濑：浅滩上的流水。

[45] 潭：深水，深渊。

[46] 狂顾：急切地回头。

[47] 轸（zhěn）石：方石。崴（wēi）嵬（wéi）：错落不平的样子。

[48] 蹇（jiǎn）：阻止，阻碍。

[49] 超回：徘徊。志度：通“踟蹰”，踯躅不前。

[50] 瞀（mào）容：心烦意乱的样子。瞀，乱。

[51] 沛徂：颠沛流离。徂，去，往。

[52] 苦神：伤神。

[53] 行媒：媒介。

[54] 道思：表达哀思。道，表达。作颂：创作颂歌。

[55] 遂：就，达成。

◇译文

心中郁闷又忧愁啊，独自长叹啊更加忧伤。

思绪烦乱又无法释怀啊，又遭遇漫漫长夜。

悲叹秋风摇动啊，为何四方天际也跟着动荡？

多次想起怀王屡屡发怒的样子啊，令我的心悲伤不已。

希望迎着风狂奔啊，看到百姓的忧患又镇静下来。

总结私衷来陈述心志啊，将它举起送给怀王。

往日您与我约定的言语啊，说相约在黄昏时分。

到了半路却走回头路啊，背叛我而有了其他想法。

向我夸耀他的美好啊，向我展示他的高洁。

和我约定了却不守信啊，为什么还要对我发怒。

想要找个机会表白自己啊，内心惶恐又不敢行动。

悲伤犹豫想要进言啊，心中痛苦又不安。

列数真情来陈述啊，怀王却佯装耳聋不听。

本就是正直恳切的人又不懂谄媚啊，众小人果然把我当成祸患。

当初我所陈述的那么明白啊，难道如今就忘记了吗？

为什么要这么忠贞耿直啊？是希望您的美政可以完成。

望着三王五霸以他们为榜样啊，指着彭咸以他为范式。

若如此又有什么终极目标是达不到的呢，您也将声名远播而难以消歇。

善心不会从外面产生啊，美名也不能够弄虚作假。

谁能够不施予就有回报啊，谁能够不播种就有收获？

小结：向怀王剖陈心思啊，夜以继日却得不到评断。

向我夸耀他的美好啊，轻慢地抛弃我的陈辞而不听取。

唱道：有鸟从南方飞来啊，栖息在汉北。

容貌美丽的佳人啊，却孤独地蛰居在汉北之所。

既孤独而不合群啊，又没有好的媒人在身旁。

道路遥远而日渐被遗忘啊，想要为自己申诉却没有机会。

远望着北山而流泪啊，面对着流水而长长地叹息。

望着初夏短暂的夜晚啊，为什么从黑夜到白昼却仿佛经历了很多年？

由汉北通往郢都的路多么遥远啊，灵魂一夜之内多次前往郢都。

不知道那道路是曲是直啊，指着月亮与星星作为向南行的路标。

想要径直到达郢都却不能够啊，只有灵魂能够辨识那来往的路径。

为什么灵魂那般忠贞耿直啊，别人的心志却与我的心志不相同。

媒人孱弱而说合不通啊，尚且无法知道我的行为举止。

结语：长长的浅滩湍急的流水，沿着深潭逆流而上啊。

急切地回头向南行，暂且放松我的心灵。

方石错落不平，阻止我回家的心愿啊。

踟蹰不前，缓慢地前进啊。

徘徊犹豫，留宿在北姑啊。

愁闷而心烦意乱，实在是颠沛流离啊。

忧愁叹息，黯然神伤，灵魂仍远远地思念啊。

路途遥远，处境幽僻，又没有媒介啊。

表达哀思，创作颂歌，姑且自我安慰吧。

忧虑的心思不能达成，这些言语要向谁诉说呢？

九章·思美人[1]

思美人兮[2]，擥涕而伫眙[3]。
媒绝路阻兮[4]，言不可结而诒[5]。
蹇蹇之烦冤兮，陷滞而不发[6]。
申旦以舒中情兮[7]，志沉菀而莫达[8]。
愿寄言于浮云兮[9]，遇丰隆而不将[10]。
因归鸟而致辞兮[11]，羌宿高而难当[12]。
高辛之灵盛兮[13]，遭玄鸟而致诒[14]。
欲变节以从俗兮[15]，愧易初而屈志[16]。
独历年而离愍兮[17]，羌冯心犹未化[18]。
宁隐闵而寿考兮[19]，何变易之可为[20]！
知前辙之不遂兮[21]，未改此度[22]。
车既覆而马颠兮[23]，蹇独怀此异路[24]。
勒骐骥而更驾兮[25]，造父为我操之[26]。
迁逡次而勿驱兮[27]，聊假日以须时[28]。
指嶓冢之西隈兮[29]，与纁黄以为期[30]。
开春发岁兮[31]，白日出之悠悠[32]。

吾将荡志而愉乐兮[33]，遵江夏以娱忧[34]。

擥大薄之芳茝兮[35]，搴长洲之宿莽[36]。

惜吾不及古人兮[37]，吾谁与玩此芳草[38]？

解萹薄与杂菜兮[39]，备以为交佩[40]。

佩缤纷以缭转兮[41]，遂萎绝而离异[42]。

吾且儃佪以娱忧兮，观南人之变态[43]。

窃快在中心兮[44]，扬厥凭而不竢[45]。

芳与泽其杂糅兮，羌芳华自中出[46]。

纷郁郁其远承兮[47]，满内而外扬[48]。

情与质信可保兮[49]，羌居蔽而闻章[50]。

令薜荔以为理兮[51]，惮举趾而缘木[52]。

因芙蓉而为媒兮，惮褰裳而濡足[53]。

登高吾不说兮[54]，入下吾不能[55]。

固朕形之不服兮[56]，然容与而狐疑[57]。

广遂前画兮[58]，未改此度也。

命则处幽[59]，吾将罢兮[60]，愿及白日之未暮[61]。

独茕茕而南行兮，思彭咸之故[62]。

◇注释

[1] 思美人：抒发了诗人思念君王却无法表白心迹又不愿变节从俗以邀宠的郁闷哀怨之情，表达了诗人坚守高洁品格、宁死不变节的信念。美人，指楚怀王。一说指楚顷襄王。

[2] 兮（xī）：语气助词，“啊”或“呀”。

[3] 揽（lǎn）涕：挥泪。揽，同“揽”。伫眙（chì）：久久站立，注视远方。伫，长久站立。眙，直视，注视。

[4] 媒：媒介，中介。绝：断绝。路阻：此处比喻自己与君王之间存在隔阂，无法沟通。

[5] 结：缄，写信。诒（yí）：通“贻”，赠予。

[6] 陷滞：义同郁结。一说陷没沉积。不发：不能发车前进。发，抒发。一说发轫。

[7] 申旦：申明。申，重复。舒：诉说。中情：内心的情感。

[8] 沉菀（yùn）：形容心思沉闷而郁结。菀，同“蕴”，郁结，积滞。达：传达。

[9] 寄言：寄语，传话。

[10] 不将：不肯听从命令。

[11] 因：凭借。归鸟：指鸿雁。致辞：指用文字或语言向人表达思想感情。

[12] 羌（qiāng）：楚地方言，发语词。宿高：指鸟飞得又快又高。宿，通“迅”，指速度快。当：值，遇到。

[13] 灵盛：神灵。

[14] 玄鸟而致诒：指帝喾娶简狄的故事。此处比喻思念君王。

[15] 变节：改变旧的志节，指丧失气节。

[16] 易初：改变本心，改变初衷。初，本心，初心。屈志：丧失志气，委屈心志。

[17] 历年：犹言经历了很长的时间。年，指时间。离愍（mǐn）：谓遭遇祸患。离，遭受。

[18] 冯（píng）心：愤懑的心情。冯，愤怒。未化：未消失。

[19] 宁（nìng）：宁愿。隐闵（mǐn）：隐忍痛苦。隐，隐忍。闵，通“悯”，痛苦。寿考：年寿很高。

[20] 变易：变节。为：句末语气助词。

[21] 辙：车轮所辗的辙印，此处指道路。不遂：不通达，不顺利。

[22] 度：原则，法度，规范。

[23] 车既覆而马颠兮：此处比喻战争的失败。

[24] 异路：与世俗之人不同的道路。

[25] 勒：套住，拉紧缰绳。骐（qí）骥（jì）：良驹，千里马。更驾：再次驾车。

[26] 造父：周穆王时人，以善于驾车著称。操：执鞭驾车。

[27] 迁：前进。逡（qūn）次：即“逡巡”，徘徊不前的样子。

[28] 聊：姑且。假（jiǎ）日：偷闲的日子。须时：等待时机。

[29] 嶓（bō）冢：山名，秦国最初的封地。隈（wēi）：山崖。

[30] 与：数也。纁（xūn）黄：即黄昏。纁，通“曛”，落日的余晖。

[31] 发岁：一年的发端。

[32] 悠悠：舒缓、悠长的样子。

[33] 荡志：放怀，排遣心情。

[34] 遵：遵循，沿着。江：长江。夏：夏水。娱忧：消解忧思。

[35] 擥：同“揽”，采取。薄：杂草丛生。芳茝（chǎi）：香草名，即白芷。

[36] 搴（qiān）：拔取，取。宿莽：香草名，经冬不死。

[37] 惜：痛惜。不及古人：指自己不能和古代的圣贤处在同一个时代。

[38] 玩此芳草：玩赏这些芳香的花草。

[39] 解：采，摘。萹（biān）：萹蓄，亦名萹竹，短茎白花的野生植物。杂菜：恶菜。

[40] 备：备置，备办。交佩：左右佩带。佩，佩饰。

[41] 缤纷：繁茂的样子，指恶草很多。缭转：相互缠绕。

[42] 萎绝：指芳草枯萎凋落。离异：丢弃一旁。

[43] 南人：郢都以南的人。变态：动态。

[44] 窃快：指私下里不公开的欢快。窃，私下。

[45] 扬：捐弃。竢（sì）：同“俟”，等待。

[46] 自中出：从中凸显出来。

[47] 郁郁：形容香气浓郁。远承：指香气飘散到远处。承，即“烝”，散发。

[48] 满内：充盈于内。外扬：散发于外。

[49] 情：指人的外在表现的情感。质：指人的内在蕴藏的本质。

[50] 居蔽：居住在偏僻的住处。闻：指声名。章：同“彰”，显扬。

[51] 理：使者，媒人。

[52] 惮（dàn）：惊恐，害怕。举趾：抬起脚。缘木：爬树。缘，循。

[53] 搴（qiān）裳：撩起衣服。搴，通“褰”，撩起。濡（rú）：沾湿。

[54] 登高：指缘木。此处比喻攀附权贵。说（yuè）：同“悦”，欢喜。

[55] 入下：指往低处走。此处比喻降格变节。

[56] 朕（zhèn）：我。形：指形于外的一个人的作风。一说身形。不服：不习惯的意思。

[57] 然：乃，就，便。狐疑：犹豫。

[58] 广遂：广阔的道路。遂，指道路。前画：先前的谋划。

[59] 处幽：居住在幽僻的地方，与前文的“居蔽”相应。此处指遭疏远而蛰居汉北的荒凉之地。

[60] 罢（pí）：同“疲”，疲倦。

[61] 及：趁着，赶上。白日之未暮：太阳还没有落下。此处比喻还有机会，要抓紧时间，赶紧作为。

[62] 思彭咸之故：指彭咸谏君不听而自杀的故事。王逸《楚辞章句》：“彭咸，殷贤大夫，谏其君不听，自投水而死。”此处指屈原将愿效法彭咸，以死谏君，希望楚王能醒悟。思，思念，思慕。故，故迹，故事。

◇译文

思念怀王啊，挥泪而久久伫立凝视。

媒介不通而沟通之路被阻隔啊，言语不能写成信件而送到怀王手中。

情绪滞塞而烦闷啊，心中郁结而不能抒发。

反复诉说心中的情感直到天明啊，心志积滞在心中却无法传达。

希望将言语寄托给浮云啊，遇到云神却不听从我的言语。

凭借鸿雁表达思想感情啊，它却飞得又快又高难以遇到。

古帝高辛的神灵啊，遇到玄鸟为他传送礼物。

想要改变旧的志节跟从世俗啊，又因为改变初衷委屈心志而愧疚。

独自经历了长年的忧患啊，愤懑的心情仍然没有消失。

宁愿隐忍痛苦到年老啊，又怎能改变气节！

明知道这条道路不能通达啊，却没有改变这种处世原则。

车已经倾覆，战马已经倒下啊，我独自走这条与世俗之人不同的道路。

勒住骏马再次驾车啊，造父为我驾车。

徘徊着缓慢前进而不要疾驰啊，姑且偷闲一日等待时机。

指着嶓冢山的西面的山崖啊，相约在黄昏时分。

春天是一年的发端啊，白昼也更加悠长。

我将放纵心情而尽情欢乐啊，沿着长江、夏水消解忧愁。

在草木丛生的地方采取芳茝啊，拔取长洲上的宿莽。

痛惜我不能和古代的圣贤处于一个时代啊，谁和我一起玩赏这些芳香的花草？

采摘萹竹和恶草啊，备办左右佩带的佩饰。

佩带繁茂的恶草相互缠绕啊，最终却枯萎被丢弃一旁。

我姑且徘徊以消解忧愁啊，看看这些南方人的动态。

私下偷偷地欢快啊，捐弃这些愤懑不再等待。

芳香与污秽混杂在一起啊，芳香的花朵自然会从中凸显出来。

香气浓郁飘散到远处啊，充盈于内而散发于外。

外在的情感与内里的本质若能保持一致啊，即便居住在偏僻的地方也能声名显扬。

命令薜荔作为媒介啊，却害怕抬起脚爬树。

凭借荷花作为媒介啊，却害怕撩起衣服沾湿双脚。

攀附权贵我会不欢喜啊，降格变节我也不愿意。

本来我的作风就不与世俗相合啊，却仍然徘徊而犹豫不决。

广阔的道路先前已经谋划好了，从未改变这一贯的作风。

命中注定要居住在幽僻的地方，我也疲倦了，希望趁着太阳还没有落下啊。

独自一人向南方行进啊，思慕彭咸以死谏君的故事。

九章·惜往日[1]

惜往日之曾信兮[2]，受命诏以昭诗[3]。
奉先功以照下兮[4]，明法度之嫌疑[5]。
国富强而法立兮，属贞臣而日娭[6]。
秘密事之载心兮[7]，虽过失犹弗治。
心纯庬而不泄兮[8]，遭谗人而嫉之[9]。
君含怒而待臣兮，不清澈其然否[10]。
蔽晦君之聪明兮[11]，虚惑误又以欺[12]。
弗参验以考实兮[13]，远迁臣而弗思[14]。
信谗谀之溷浊兮[15]，盛气志而过之[16]。
何贞臣之无罪兮，被离谤而见尤[17]。
惭光景之诚信兮[18]，身幽隐而备之[19]。
临沅湘之玄渊兮[20]，遂自忍而沉流？
卒没身而绝名兮，惜壅君之不昭[21]。
君无度而弗察兮，使芳草为薮幽[22]。
焉舒情而抽信兮[23]，恬死亡而不聊[24]。
独障壅而蔽隐兮[25]，使贞臣为无由[26]。

闻百里之为虏兮[27]，伊尹烹于庖厨。

吕望屠于朝歌兮，宁戚歌而饭牛。

不逢汤武与桓缪兮[28]，世孰云而知之？

吴信谗而弗味兮[29]，子胥死而后忧[30]。

介子忠而立枯兮[31]，文君寤而追求[32]。

封介山而为之禁兮[33]，报大德之优游[34]。

思久故之亲身兮[35]，因缟素而哭之[36]。

或忠信而死节兮，或弛谩而不疑[37]。

弗省察而按实兮[38]，听谗人之虚词。

芳与泽其杂糅兮，孰申旦而别之[39]？

何芳草之早夭兮[40]，微霜降而下戒。

谅聪不明而蔽壅兮[41]，使谗谀而日得[42]。

自前世之嫉贤兮，谓蕙若其不可佩[43]。

妒佳冶之芬芳兮[44]，嫫母姣而自好[45]。

虽有西施之美容兮，谗妒入以自代[46]。

愿陈情以白行兮[47]，得罪过之不意[48]。

情冤见之日明兮[49]，如列宿之错置[50]。

乘骐骥而驰骋兮，无辔衔而自载；

乘氾泭以下流兮[51]，无舟楫而自备。

背法度而心治兮[52]，辟与此其无异[53]。

宁溘死而流亡兮[54]，恐祸殃之有再。

不毕辞而赴渊兮[55]，惜壅君之不识。

◇注释

[1] 惜往日：痛惜从前的日子。《惜往日》为屈原晚年作品，回忆了其一生从受重用到被谗人陷害而放逐等史实，痛惜自己因谗臣蔽君而不被君王信任，抒发政治抱负无法实践的悲愤，申明自己宁愿溘死流亡以期君王能醒悟。

[2] 往日：从前的日子。此处是指屈原从前被楚怀王信任并重用的那些日子。曾信：曾经受到信任。

[3] 命诏：诏命，君王的命令。昭诗：使时世清明。昭，显著。诗，即“时”，时世。

[4] 奉：信奉，遵循。先功：祖先的功绩。

[5] 嫌疑：指法律条文中疑惑难辨的地方。

[6] 属（zhǔ）：委托，交付。贞臣：忠贞之臣。此处为屈原自称。娭（xī）：同“嬉”，嬉戏，玩乐。

[7] 秘密：即“黾（mǐn）勉”，努力，尽力。

[8] 庬（máng）：厚重，敦厚。不泄：指谨慎言语，不乱说。

[9] 谗人：奸佞谄媚之人。此处指上官大夫。《史记·屈原贾生列传》有载，楚怀王令屈原制定法令，尚未定稿，上官大夫就想夺来为自己邀功，屈原不允。上官大夫便向楚怀王谗言诋毁屈原，楚怀王因此大怒，就疏远了屈原。

[10] 清澂：指弄清事实真相。然否：是非对错。

[11] 蔽晦：蒙蔽而使之昏暗不明。

[12] 虚惑：把无说成有叫虚，把假说成真叫惑。误：使……迷惑。

[13] 参验：检验，验证。考实：考察事实。

[14] 远迁：放逐到很远的地方。

[15] 谗谀：指谗毁、阿谀之人。溷（hùn）浊：糊涂。此处指楚怀王不辨是非。

[16] 盛气志：大怒。过：督过，责备。

[17] 离谤：遭受毁谤。

[18] 惭：悲忧。光景：即光明。景，通“影”。诚信：真实。

[19] 备：闻一多认为“备”疑是“避”的误字。

[20] 玄渊：深渊。

[21] 壅（yōng）君：被蒙蔽的君主。

[22] 薮（sǒu）幽：草泽深处。薮，指水少草木多的沼泽。

[23] 抽信：陈述一片忠诚。

[24] 不聊：不苟且偷生。

[25] 鄣（zhāng）壅：障碍，阻隔。鄣，同“障”。

[26] 无由：无法通达。此处指无法接近君主。

[27] 百里：即百里奚，春秋时虞国的大夫，后成为秦穆公的贤相，辅助秦穆公成就霸业。

[28] 汤：即商汤。武：即周武王。桓：即齐桓公。缪：同“穆”，即秦穆公。

[29] 吴：即吴王夫差。信谗：此处指吴王听信太宰伯嚭的诋毁伍子胥的谗言。弗味：不能辨别。味，辨别，品味。

[30] 子胥：即伍子胥。忧：指亡国之忧。

[31] 介子：即介子推，春秋时晋文公的贤臣，曾“割股奉君”，后隐居绵山“不言禄”。晋文公为了让他出山，听信谗言，放火烧山，最终致其“抱树而死”。立枯：指抱树立着被烧焦。

[32] 文君：即晋文公。寤：觉悟。

[33] 禁：封山。

[34] 大德：指介子推在跟从公子重耳（即后来的晋文公）流亡的途中，曾“割股奉君”之事。优游：形容大德宽广的样子。

[35] 久故：故旧。

[36] 缟（gǎo）素：此处指白色的丧服。

[37] 訑（dàn）谩：欺诈。訑，通“诞”。

[38] 按实：核实。

[39] 申旦：通宵达旦。

[40] 夭：死亡。

[41] 谅：确实。

[42] 得：得逞。

[43] 蕙若：即蕙草和杜若。

[44] 佳冶：美丽。

[45] 嫫（mó）母：古代传说中黄帝的妃子，相貌丑陋，而品德贤淑。姣而自好：故作妩媚之态而自以为美好。

[46] 自代：自己取而代之。

[47] 白行：表白自己的所作所为。

[48] 不意：无意，没有意料到。

[49] 情冤：真情和冤屈。见（xiàn）：同“现”，显现。

[50] 错置：安排、陈列。错，同“措”。

[51] 氾（fàn）：同“泛”，浮起。泭（fú）：同“桴”，小的竹木筏子。下流：顺流而下。

[52] 心治：随主观心意而治理。

[53] 辟：通“譬”，譬如。此：指前面乘骐骥无辔衔、乘氾泭无舟楫的例子。

[54] 溘（kè）死：忽然死去。流亡：顺流水而亡去。此处指投水而死。

[55] 毕辞：说完话。赴渊：投水。

◇译文

痛惜曾经被君王信任重用的日子啊，接受君王的命令传达给世人。

遵循先祖的功绩昭示民众啊，辨明法律条文中的疑惑。

国家富强而法律严明啊，将国政委托给忠贞之臣而每日玩乐。

勤勉于国政铭记在心啊，即使有过失也没有治罪。

心性敦厚而谨慎言语啊，却遭受谗佞小人嫉妒我。

君王满含怒火对待我啊，不去澄清事实真相的是非对错。

蒙蔽君王的耳目而使其昏庸啊，用虚言假语迷惑误导君王以欺骗他。

不验证考察事实啊，毫不犹豫地就将我远远放逐。

听信谗毁、阿谀之人不辨是非啊，大怒而责备我。

为什么忠贞之臣没有罪过啊，也遭受毁谤而承受责罚呢？

惭愧的是日月光影是实实在在的啊，身处幽僻而避世。

面对着沅水、湘水的深渊啊，怎么忍心自沉流水中？

最终身死而名声灭绝啊，痛惜君王被蒙蔽而不醒悟。

君王没有法度而不能明察啊，将芳草丢弃在草泽深处。

怎么能够舒展情怀陈述忠诚啊，安然赴死也不苟且偷生。

只因隔着层层阻碍啊，让忠贞之臣也无法接近君王。

听闻百里奚做过俘虏啊，伊尹在厨房烹制食物。

吕望在朝歌做过屠夫啊，宁戚一边唱歌一边喂牛。

没有遇上商汤、周武王、齐桓公与秦穆公啊，世上谁又能说知道他们呢？

吴王夫差听信谗言而不能辨别啊，伍子胥死后吴国便遭遇亡国之忧。

介子推忠心为主而被烧死在枯树旁啊，晋文公醒悟后立刻去访求。

封介山而下令禁止樵猎啊，报答他的仁厚宽广的大德。

思念自己的故人啊，穿上白色的丧服为他痛哭。

有的人忠贞诚信能为节操而死啊，有的人虚伪欺诈而不被怀疑。

不审察核实啊，听信谗佞小人的假话。

芳香与污秽混杂在一起啊，谁能通宵达旦地辨别？

为什么芳香的花草早早死亡啊，寒霜从天而降给以警戒。

确实是君王偏听偏信而被蒙蔽啊，让谗毁、阿谀的小人越来越得势。

自古以来小人就嫉妒贤能之士啊，都说蕙草、杜若不能作为佩饰。

嫉妒美女的美丽和芳香啊，丑女嫫母故作妩媚之态自认为美丽。

虽然有西施那样的美貌啊，谗妒小人也要取而代之。

想要陈述衷情而表白自己的所作所为啊，却没有意料到会招致罪责。

真情和冤屈一天天显现出来啊，就像天上的星宿般错落有致。

骑上骏马快速奔跑啊，没有缰绳和衔铁自行驾驶；

乘着竹筏顺流而下啊，没有船桨而自行漂浮。

违背法度而随主观心意治理啊，就如同这一样。

宁愿突然死去顺水流而去啊，害怕再次遭遇灾祸。

没说完话就投入水中啊，痛惜君王被蒙蔽而一无所知。

九章·橘颂[1]

后皇嘉树[2]，橘徕服兮[3]。

受命不迁[4]，生南国兮[5]。

深固难徙，更壹志兮[6]。

绿叶素荣[7]，纷其可喜兮。

曾枝剡棘[8]，圆果抟兮[9]。

青黄杂糅[10]，文章烂兮[11]。

精色内白[12]，类可任兮[13]。

纷缊宜修[14]，姱而不丑兮。

嗟尔幼志[15]，有以异兮[16]。

独立不迁[17]，岂不可喜兮？

深固难徙，廓其无求兮[18]。

苏世独立[19]，横而不流兮[20]。

闭心自慎[21]，不终失过兮[22]。

秉德无私[23]，参天地兮[24]。

愿岁并谢[25]，与长友兮。

淑离不淫[26]，梗其有理兮[27]。

年岁虽少，可师长兮[28]。

行比伯夷[29]，置以为像兮[30]。

◇注释

[1] 橘颂：《橘颂》，即赞颂橘树。洪兴祖《楚辞补注》：“美橘有是德，故曰颂。”这篇诗歌是诗人以橘树自喻，来表明自己的志节坚定。

[2] 后皇：即后土、皇天，是古人对地和天的尊称。嘉：美好。

[3] 橘徕服兮：橘树一生下来就适宜南方的水土。徕，通“来”。服，习惯，适应。

[4] 受命：受天地之命，指天性。不迁：不迁移。

[5] 南国：南方。指楚国。

[6] 壹志：专一的志向。壹，专一。

[7] 素荣：白色花。素，白色。荣，花。

[8] 曾枝：繁枝。曾，同“层”。剡（yǎn）棘：尖利的刺。剡，锐利。

[9] 抟（tuán）：通“团”，圆。一说同“圜”，环绕，楚地方言。

[10] 青黄：指橘树果实有青有黄。橘树的果实未成熟时为青色，成熟后为黄色。杂糅：交杂，混杂。

[11] 文章：指橘子的色彩或花纹。烂：斑斓。

[12] 精色：指橘子的表皮色彩鲜明。

[13] 类可任兮：就像肩负重任的君子。类，像。任，担任，肩负。

[14] 纷缊宜修：长得纷繁茂盛，枝叶修饰得体。

[15] 嗟：赞叹词。尔：你，指橘树。幼志：幼年的志向。

[16] 异：不相同，与众不同。

[17] 独立：超凡脱俗，与众不同。

[18] 廓：广大，开阔。此处指橘树的心境开阔、品性旷达。

[19] 苏世独立：保持清醒，独立于世。苏，苏醒，指对浊世保持清醒。

[20] 横而不流：横立世上，不随波逐流。横，栏木，比喻自我约束。

[21] 闭心：静下心来，排除外界干扰与诱惑，以保持心境纯澈。自慎：自我警戒，慎自守持。

[22] 不终失过兮：当作“终不失过兮”，指始终不犯错误。失过，即“过失”。

[23] 秉德：保持好品德。

[24] 参天地：指与天地相匹配。比喻橘树的无私。参，合，配。

[25] 愿岁并谢：誓愿共生死。岁，年岁。谢，死。此处指岁月流逝。

[26] 淑离：美丽而善良的样子。离，通“丽”。不淫：不惑。

[27] 梗：正直。指橘树的枝干。

[28] 师长：此处作动词，为人师长。

[29] 行：品行，德行。伯夷：古代孤竹国君主的长子，纣王之臣。阻谏周武王伐纣，武王不纳其言，于是与弟弟叔齐先后逃到首阳山隐居，后因不食周粟而死。古人认为他是有高尚节操的人。

[30] 置：植，树立。像：榜样。

◇译文

后土皇天美好的橘树，橘树一生下来就适宜南方的水土啊。

受天地之命决不迁移，生长在南方啊。

根深蒂固难以迁徙，更具有专一的志向啊。

翠绿的叶子白色的花朵，纷纷盛开多么让人喜爱啊。

繁盛的枝干尖利的刺，圆圆的果实环绕在一起啊。

橘树的果实有青有黄，色彩与花纹多么斑斓啊。

橘子表皮色彩鲜明，就像肩负重任的君子啊。

枝干纷繁茂盛，枝叶修饰得体，多么美好啊。

惊叹你幼年的志向，便与众不同啊。

超凡脱俗而不迁移，怎么不令人喜爱啊。

根深蒂固难以迁徙，心境开阔无所欲求啊。

保持清醒独立于世，横立世上，不随波逐流啊。

静下心来慎自守持，始终不犯错误啊。

保持好的品德公正无私，可与天地相匹配啊。

誓愿共生死，和你长久地保持友谊啊。

美丽善良而不淫乱，正直而有条理啊。

年纪虽然还小，但已可以为人师长啊。

德行可以与伯夷比肩，把你作为榜样啊。

九章·悲回风[1]

悲回风之摇蕙兮，心冤结而内伤。
物有微而陨性兮[2]，声有隐而先倡[3]。
夫何彭咸之造思兮，暨志介而不忘[4]！
万变其情岂可盖兮[5]，孰虚伪之可长！
鸟兽鸣以号群兮，草苴比而不芳[6]。
鱼葺鳞以自别兮，蛟龙隐其文章。
故荼荠不同亩兮[7]，兰茝幽而独芳。
惟佳人之永都兮，更统世而自贶[8]。
眇远志之所及兮，怜浮云之相羊[9]。
介眇志之所惑兮[10]，窃赋诗之所明。
惟佳人之独怀兮，折若椒以自处。
曾歔欷之嗟嗟兮[11]，独隐伏而思虑。
涕泣交而凄凄兮，思不眠以至曙。
终长夜之曼曼兮，掩此哀而不去[12]。
寤从容以周流兮[13]，聊逍遥以自恃。
伤太息之愍怜兮，气於邑而不可止[14]。

纠思心以为纕兮[15]，编愁苦以为膺[16]。

折若木以蔽光兮，随飘风之所仍[17]。

存髣髴而不见兮[18]，心踊跃其若汤。

抚珮衽以案志兮[19]，超惘惘而遂行。

岁曶曶其若颓兮[20]，时亦冉冉而将至。

薠蘅槁而节离兮，芳以歇而不比[21]。

怜思心之不可惩兮，证此言之不可聊。

宁逝死而流亡兮，不忍为此之常愁。

孤子吟而抆泪兮[22]，放子出而不还。

孰能思而不隐兮，照彭咸之所闻。

登石峦以远望兮，路眇眇之默默[23]。

入景响之无应兮[24]，闻省想而不可得[25]。

愁郁郁之无快兮，居戚戚而不可解。

心鞿羁而不形兮，气缭转而自缔。

穆眇眇之无垠兮，莽芒芒之无仪。

声有隐而相感兮[26]，物有纯而不可为。

藐蔓蔓之不可量兮[27]，缥绵绵之不可纡[28]。

愁悄悄之常悲兮[29]，翩冥冥之不可娱[30]。

凌大波而流风兮[31]，托彭咸之所居。

上高岩之峭岸兮，处雌蜺之标颠[32]。

据青冥而摅虹兮[33]，遂倏忽而扪天。

吸湛露之浮源兮[34]，漱凝霜之雰雰[35]。

依风穴以自息兮[36]，忽倾寤以婵媛。

冯昆仑以瞰雾兮，隐岐山以清江。

惮涌湍之礚礚兮[37]，听波声之汹汹。

纷容容之无经兮，罔芒芒之无纪。

轧洋洋之无从兮，驰委移之焉止。

漂翻翻其上下兮，翼遥遥其左右。

氾潏潏其前后兮[38]，伴张弛之信期[39]。

观炎气之相仍兮，窥烟液之所积。

悲霜雪之俱下兮，听潮水之相击。

借光景以往来兮[40]，施黄棘之枉策[41]。

求介子之所存兮，见伯夷之放迹。

心调度而弗去兮[42]，刻著志之无适[43]。

曰：吾怨往昔之所冀兮，悼来者之愁愁[44]。

浮江淮而入海兮，从子胥而自适。

望大河之洲渚兮，悲申徒之抗迹[45]。

骤谏君而不听兮[46]，重任石之何益[47]。

心絓结而不解兮，思蹇产而不释。

◇注释

[1] 悲回风：即为蕙草被旋风摧残而感到悲伤。《悲回风》，篇名取自诗歌的首句“悲回风之摇蕙兮”。诗人见美好的事物遭受暴力摧残而致毁灭，联想起自身的遭遇，心中抑郁悲愤之情油然而生。全诗为诗人自己的内心独白。回风，旋风，秋季的大风。

[2] 性（shēng）：通“生”，生命，生机。

[3] 声：秋风吹动的声音。倡：通“唱”。

[4] 暨（jì）：与，及。志介：志节。

[5] 盖：掩盖，掩藏。

[6] 苴（chá）：枯草。比：混在一起。

[7] 荼：苦菜。荠：甜菜。

[8] 贶（kuàng）：赐予，赏赐。

[9] 相（cháng）羊：同“徜徉”，徘徊，彷徨。

[10] 介：耿介，持守。眇志：高远的志向。眇，通“渺”，远，高。

[11] 曾：通“增”，屡次。

[12] 掩：通“淹”，止。不去：不能释怀。

[13] 寤：醒，此处指起床。

[14] 於（wū）邑：同“郁悒”，郁闷。

[15] 纠（jiū）：通“纠”，纠结。

[16] 膺：胸，此处指紧贴前胸的衣服。

[17] 仍：沿袭，依循。

[18] 存：客观存在的事物。髣（fǎng）髴（fú）：即“仿佛”，模糊不清。

[19] 案：同“按”，按捺，抑止。

[20] 曶（hū）曶：同“忽忽”，形容时间过得飞快。

[21] 以：已。歇：尽，消失。不比：不再茂盛。

[22] 孤子：此处为屈原自称。吟：呻吟。抆：擦拭。

[23] 眇眇：同“渺渺”，遥远的样子。默默：沉寂。

[24] 景：通“影”，影子。

[25] 闻：耳听。省：目察。想：心想。

[26] 相感：相互感应。

[27] 藐：通“邈”，遥远。蔓蔓：即“漫漫”，久远的样子。

[28] 缥：缥缈。绵绵：连绵不绝的样子。

[29] 悄（qiǎo）悄：忧愁的样子。

[30] 翩冥冥：在幽暗之中快速地飞舞。

[31] 流风：顺风漂流。

[32] 标颠：顶部。

[33] 青冥：青天。摅（shū）：舒展。

[34] 湛：浓重，厚重。

[35] 雰（fēn）雰：飘落的样子。

[36] 风穴：神山名，在昆仑山上，是北方寒风风源之地。

[37] 礚礚：水击石发出的声音。

[38] 潏（yù）潏：水涌出来的样子。

[39] 信期：约定的日期。此处指潮水涨落有固定的时间，像约定好的一样。

[40] 光景：指日光月影。

[41] 黄棘：神木名，带刺。枉：弯曲。策：鞭子。

[42] 心调度：心中思量。弗去：不能释怀。

[43] 刻著志：下定决心。

[44] 悐（tì）悐：同“惕惕”，忧劳，恐惧。

[45] 申徒：申徒狄，商朝的贤臣，屡次进谏，纣王不听，抱石自沉而死。抗：同“亢”，高尚。

[46] 骤：屡次，多次。

[47] 任：背负。一说“抱”。

◇译文

悲叹蕙草被旋风摧残啊，内心郁结而忧伤。

蕙草微弱而丧失了性命啊，秋风吹动的声音无形却有声响。

为什么彭咸树立的思想啊，和他的志节让我不能忘怀！

情思多变怎么能掩盖啊，虚伪的事物哪里能够长久！

鸟兽鸣叫呼唤同类啊，荣草枯草混在一起而不芳香。

鱼儿修饰鳞片来显示与众不同啊，蛟龙则隐藏身上的花纹。

因此苦菜与甜菜不在同一块田地里啊，兰花和芷草虽然生在幽僻之处却独自散发芳香。

想起佳人一直那么美好啊，经历几代却自求多福。

志向远大可以到达天际啊，怜惜浮云却彷徨无依。

持守高远的志向而被世人迷惑啊，暗自创作诗歌表明心志。

想起佳人那独有的襟怀啊，采摘杜若芸椒独自居住。

屡次流泪叹息啊，独自隐居而心思忧虑。

泪流满面而悲伤不已啊，忧思难以入眠直到天亮。

熬过这长夜漫漫啊，停止这哀思却不能释怀。

醒来后悠游自在四处游览啊，姑且去游玩以自娱自乐。

悲伤长叹多么可怜啊，气息郁悒而不能停止。

用纠结的心思作为佩带啊，编结愁苦作为贴身的里衣。

采摘若木来遮蔽阳光啊，跟随疾风一起飘摇。

客观存在的事物却模糊不清啊，心情澎湃如同热水。

抚摸着玉佩和衣襟来抑制心情啊，在惆怅迷惘中继续前行。

岁月流逝飞快啊，时光也渐渐将尽。

白薠杜衡已经枯萎啊，芳香已经消散不见。

可怜思念君王的心不能反悔啊，证明这些话都不可靠。

宁愿突然死去顺流水而去啊，不愿因此一直忧愁。

我一边呻吟一边擦拭眼泪啊，被放逐的我却不能回去。

谁能够想到这些内心不隐痛啊，我终于明白了彭咸的传闻真假。

登上山峦远远眺望啊，路途遥远而沉寂。

进入空旷之地而没有声响的回应啊，耳听目察心想都不能获得。

忧愁郁闷而无法畅快啊，内心悲戚而不能消解。

内心纠结而不能解开啊，气息郁结而不能发散。

周围遥远而没有边际啊，莽莽苍苍一片而无形。

隐约有声响相互感应啊，事物纯洁美好却无法挽救。

思绪悠远不能测量啊，缥缈绵长而无法迂回。

忧愁满怀而常常悲伤啊，在幽暗中快速地飞舞没有欢乐。

乘着波涛而顺风漂流啊，寄托于彭咸所投的深渊。

登上高高的山崖峭壁啊，处在副虹的顶部。

依靠青天而舒展着彩虹啊，于是迅速地覆盖天空。

吸吮厚重的露水啊，含漱着飘落的霜花。

依靠着风穴山独自停息啊，忽然醒悟而忧思绵绵。

凭依着昆仑山俯瞰云雾啊，凭依着岷山看清江流湍急。

激流湍急发出水石撞击的声音啊，听到波涛声汹涌澎湃。

内心纷乱而没有条理啊，情思杂乱而没有头绪。

彷徨而不知道何去何从啊，曲折前行哪里可以停息。

心绪如同漂浮着上下翻飞，又如同双翼左右摇动。

如同泛滥的水流前后涌动啊，伴随着潮水涨落有固定的时间。

看那火焰与烟气相随而生啊，看那云和雨相互积聚。

悲叹霜与雪一起飘落啊，听见那潮水相互击荡。

凭借着光和影来来往往啊，用黄棘制作成弯曲的鞭子。

访求介子推的居所啊，看看伯夷隐居的地方。

心中思量而不能释怀啊，下定决心而不离去。

唱：我哀怨以往所怀抱的希望啊，悲悼未来的忧劳恐惧。

顺着江流漂浮进入大海啊，跟从伍子胥寻求内心的安适。

眺望大河中的小岛啊，悲叹申徒狄的高尚的事迹。

屡次进谏君王而不被听取啊，抱石投水又有什么作用？

心中郁结而不能消解啊，思绪烦乱而不能释怀。

九章·怀沙[1]

滔滔孟夏兮，草木莽莽。
伤怀永哀兮，汩徂南土[2]。
眴兮杳杳[3]，孔静幽默[4]。
郁结纡轸兮，离慜而长鞠[5]。
抚情效志兮，冤屈而自抑。
刓方以为圜兮[6]，常度未替[7]。
易初本迪兮[8]，君子所鄙。
章画志墨兮[9]，前图未改。
内厚质正兮，大人所盛。
巧倕不斫兮[10]，孰察其拨正。
玄文处幽兮，矇瞍谓之不章[11]。
离娄微睇兮[12]，瞽以为无明[13]。
变白以为黑兮，倒上以为下。
凤皇在笯兮[14]，鸡鹜翔舞[15]。
同糅玉石兮，一概而相量。
夫惟党人鄙固兮，羌不知余之所臧[16]。

任重载盛兮，陷滞而不济。

怀瑾握瑜兮[17]，穷不知所示。

邑犬之群吠兮，吠所怪也。

非俊疑杰兮，固庸态也。

文质疏内兮，众不知余之异采。

材朴委积兮[18]，莫知余之所有。

重仁袭义兮，谨厚以为丰。

重华不可逻兮[19]，孰知余之从容！

古固有不并兮，岂知其何故？

汤禹久远兮，邈而不可慕[20]。

惩连改忿兮，抑心而自强。

离慜而不迁兮，愿志之有像[21]。

进路北次兮，日昧昧其将暮。

舒忧娱哀兮，限之以大故[22]。

乱曰：浩浩沅湘，分流汨兮[23]。

修路幽蔽[24]，道远忽兮。

怀质抱情，独无匹兮。

伯乐既没[25]，骥焉程兮[26]。

万民之生，各有所错兮[27]。

定心广志，余何畏惧兮？

曾伤爰哀[28]，永叹喟兮[29]。

世溷浊莫吾知[30]，人心不可谓兮。

知死不可让，愿勿爱兮。

明告君子[31]，吾将以为类兮[32]。

◇注释

[1] 怀沙："怀沙"一说是屈原怀抱沙石自沉之意。一说是诗人怀念长沙（宗国故土）之意。

[2] 汩（yù）：水流湍急的样子。

[3] 眴（shùn）：看。

[4] 孔静：非常安静。孔，很，甚。

[5] 离慜（mǐn）：遭遇忧患。慜，同"愍"，忧患，祸难。鞠：穷困。

[6] 刓（wán）方以为圜（yuán）：把方的削成圆的。此处比喻变节从俗。刓，削，剜刻。圜，同"圆"，圆形。

[7] 常度：正常的法度。度，法度，法则。替：废弃。

[8] 本迪：本来的路径。

[9] 章：通"彰"，彰显，明确。画：计划，原则。志：记，记住。墨：即绳墨，指准则，法度。

[10] 倕（chuí）：古人名，传说中尧舜时期的巧匠，善于制作弓、耒、耜等工具。斫（zhuó）：砍，削。

[11] 蒙（méng）瞍（sǒu）：盲人。章：文彩。

[12] 离娄：古人名，传说中视力极强的人。

[13] 瞽（gǔ）：眼睛看不见，盲人。

[14] 笯（nú）：鸟笼。

[15] 鹜：鸭子。

[16] 臧：同"藏"，指抱负。此处比喻自身所蕴藏的美好品质。

[17] 瑾：美玉。瑜：美玉。

[18] 材朴：木材，栋梁之材。此处比喻有才干的人。委积：堆积在一旁。

[19] 逻（è）：遇。

[20] 邈：遥远。慕：仰慕、思念。

[21] 像：法则，榜样。

[22] 大故：死亡。

[23] 分：通“汾”，汹涌的样子。汩：水流湍急的样子。

[24] 修：长。

[25] 没：通“殁”，死亡。

[26] 骥：良驹，好马。焉：怎么，哪里。程：考核，衡量。

[27] 错：同“措”，安排。

[28] 曾：同“增”。爰（yuán）哀：悲哀无休无止。爰，通“咺”，哀而不止。

[29] 喟：叹息。

[30] 溷（hùn）浊：混乱污浊。

[31] 君子：指彭咸。

[32] 类：准则，榜样。

◇译文

温暖的初夏啊，草木茂盛。

心中感伤哀叹啊，匆匆前往南方。

看前方昏暗不明，非常安静幽僻。

心中忧郁而情思缠绵啊，遭遇忧患而困苦无边。

抚慰忧伤考量心志啊，内心委屈而压抑。

把方的削成圆的啊，正常的法度不能废弃。

改变初心和本来的道路啊，是君子所鄙视的。

彰显原则铭记法度啊，前人的法度不能更改。

内心敦厚而品格正直啊，是君子所盛赞的。

巧匠倕如果不砍啊，谁能察验是曲是直？

黑色的花纹在幽暗的地方啊，盲人说它不明显。

离娄眯着眼睛看啊，盲人认为他看不见。

将白色变成黑色啊，将上颠倒为下。

凤凰在鸟笼中啊，鸡鸭却自由飞舞。

将美玉和顽石混在一起啊，用一个尺度去衡量。

结党营私的小人们卑鄙顽固啊，不知道我蕴藏的美好品质。

担负过重而装载过多啊，陷入停滞而不能达成。

怀抱美玉手握宝石啊，实在不知道该向谁展示。

城邑中的狗一起狂叫啊，叫嚣着它们感到怪异的事物。

诽谤才俊猜忌贤人啊，本就是庸人的态度。

外表质朴内心木讷啊，众人不知道我独特的才华。

栋梁之材堆积在一旁啊，不知道我所拥有的才能。

看重仁德继承忠义啊，谨慎敦厚充实自身。

不能遇到圣德的重华啊，谁能知道我的言行举止。

自古以来贤臣明君就不在一个时代啊，谁知道是什么缘故呢？

商汤夏禹距离我们已经很久远了，久远到不能表达我的思慕。

克制心中的怨恨改变自己的愤懑啊，平抑内心而自我勉励。

遭遇忧患而不变节啊，希望心志能够有榜样。

向北方前进暂且止息啊，天色昏暗夜幕即将来临。

舒展忧思排遣哀痛啊，死亡的期限也将到来。

结语：浩浩荡荡的沅水、湘水，湍急地向前奔流。

长路幽暗昏昧，道路遥远而茫茫无际。

怀有敦厚的品质，抱有忠贞的情感，没有人能够匹敌啊。

伯乐已经死去，千里马要怎么衡量啊。

芸芸众生，各有各的命运安排啊。

坚定的心和广大的志向，我又有什么畏惧的呢？

更加悲伤，哀而不止，长长地叹息啊。

世道混浊没有人了解我，我与众人也没什么可说的了。

知道死亡不能避免，宁愿不再爱惜啊。

明白地告诉彭咸，我将以你为榜样啊。

离骚

帝高阳之苗裔兮[1]，朕皇考曰伯庸[2]。
摄提贞于孟陬兮[3]，惟庚寅吾以降[4]。
皇览揆余初度兮[5]，肇锡余以嘉名[6]。
名余曰正则兮[7]，字余曰灵均[8]。
纷吾既有此内美兮[9]，又重之以修能[10]。
扈江离与辟芷兮[11]，纫秋兰以为佩[12]。
汨余若将不及兮[13]，恐年岁之不吾与[14]。
朝搴阰之木兰兮[15]，夕揽洲之宿莽[16]。
日月忽其不淹兮[17]，春与秋其代序[18]。
惟草木之零落兮[19]，恐美人之迟暮[20]。
不抚壮而弃秽兮[21]，何不改此度[22]？
乘骐骥以驰骋兮[23]，来吾道夫先路[24]。

◇注释

[1] 高阳：古代传说中的帝王颛（zhuān）顼（xū），号高阳氏。颛顼是楚国

的远祖，其后人熊绎被周成王封在楚国。苗裔（yì）：喻指子孙后代。裔，衣服的末边。

[2] 朕：我。秦始皇以前是第一人称代名词，到了秦始皇时，才将“朕”定为帝王自称的专用词。皇考：对已故父亲的尊称。皇，伟大。伯庸：屈原父亲的字。

[3] 摄提：太岁在寅时为摄提格。此指寅年。贞：正当。孟：开始。陬（zōu）：陬月，夏历正月的别称，也称寅月。

[4] 庚寅：指庚寅日。降：降生，出生。屈原生在寅年寅月寅日。

[5] 览：观察。揆（kuí）：衡量，揣测。

[6] 肇（zhào）：开始。锡（cì）：通“赐”，赏赐。嘉：美好。

[7] 名：命名。正则：公正而有法则，含有“平”的意思。

[8] 字：起个表字。灵均：灵善而均匀，含有“原”的意思。屈原名平字原。

[9] 纷：多的样子，修饰“内美”。内美：内在的美，指先天具有的美好品质。

[10] 重（chóng）：加上。修能：与“内美”相对，指后天养成的美好品德。修，美好。

[11] 扈（hù）：披。江离：香草名，又名“蘼芜”，生于江边。辟：同“僻”，幽僻。芷：香草名，即白芷，生于偏僻之处。

[12] 纫（rèn）：把香草做成绳索。秋兰：香草名，即泽兰，秋季开花。

[13] 汩（yù）：水流湍急的样子。此用以形容时光飞逝。不及：来不及，跟不上。

[14] 不吾与：即“不与吾”，不等待我。与，等待。

[15] 搴（qiān）：摘，拔取。阰（pí）：山坡。木兰：香木名，又名“辛夷”。

[16] 揽：采。洲：水中陆地。宿莽：香草名，经冬不死。

[17] 忽：迅速。淹：停留，久留。

[18] 代序：不断更迭。代，替代。序，时序。

[19] 惟：想到。美人：此处指楚怀王。

[20] 迟暮：年老，衰老。

[21] 不："何不"的省文。抚壮：凭借楚国的民心士气和优越条件。抚，凭借。秽：指秽政。

[22] 此度：指现行的政治法度。

[23] 骐（qí）骥（jì）：骏马，比喻贤臣。驰骋：快跑。

[24] 道（dǎo）：通"导"，引导。先路：帝王的前驱。

◇译文

我是帝王颛顼的后代啊，我的父亲叫伯庸。

太岁在寅时的那年正月啊，我恰好在庚寅日出生了。

父亲仔细揣测着我的生辰，于是赐给了我这样美好的名字。

父亲给我起名叫正则，给我起字叫灵均。

天赋赐予我这么多美好的品质啊，我自己也要养成美好品德。

披戴着江离和白芷啊，将秋兰结成绳索佩挂在身上。

时光飞逝我好像追不上啊，唯恐岁月不等待我。

清晨在山坡上采摘木兰啊，傍晚在沙洲旁采摘宿莽。

日月流转迅疾不停留啊，春秋不断更迭却有时序。

我看到草木从茂盛到枯萎啊，又担心怀王的身体日渐衰老。

为什么不凭借楚国的盛世而抛弃秽政啊，为什么不改变现行的法度呢？

快骑上骏马奔驰吧，来让我在前方为你开路。

昔三后之纯粹兮[25]，固众芳之所在[26]。

杂申椒与菌桂兮[27]，岂维纫夫蕙茝[28]？

彼尧舜之耿介兮[29]，既遵道而得路[30]。

何桀纣之猖披兮[31]，夫唯捷径以窘步[32]。

惟夫党人之偷乐兮[33]，路幽昧以险隘[34]。

岂余身之惮殃兮[35]，恐皇舆之败绩[36]。

忽奔走以先后兮[37]，及前王之踵武[38]。

荃不察余之中情兮[39]，反信谗而齌怒[40]。

余固知謇謇之为患兮[41]，忍而不能舍也[42]。

指九天以为正兮[43]，夫唯灵修之故也[44]。

曰黄昏以为期兮[45]，羌中道而改路[46]。

初既与余成言兮[47]，后悔遁而有他[48]。

余既不难夫离别兮[49]，伤灵修之数化[50]。

◇注释

[25] 三后：说法不一。较妥当的说法是清儒戴震及近人马其昶主张的楚先君熊绎、若敖、蚡冒三王。后，君。纯粹：品德完美，公正无私。

[26] 众芳：即指下文的椒、桂、蕙、茝等香草，比喻群贤。

[27] 杂：杂用，兼有。申椒：申地的椒。椒，花椒，是一种香料。菌桂：肉桂，桂树的一种，是一种香料。此处屈原用椒、桂来比喻直言极谏之臣。

[28] 维：通“唯”，只，仅仅。纫：结成绳索。夫：彼。蕙（huì）茝（chǎi）：均为香草名，比喻有才能的人。

[29] 耿介：光明正大。

[30] 遵道：遵循正道。道，正确的道理。路：比喻治国的正确途径。

[31] 何：何等。桀纣：夏桀、商纣王，都是古代的暴君。猖披：猖狂邪恶。

[32] 捷径：简便的小路，指邪道。窘步：困窘难行。

[33] 党人：指楚王周围结党营私的奸佞。偷乐：苟且偷安，贪图享乐。

[34] 路：比喻国家以及他们的前途。幽昧（mèi）：昏暗不明。

[35] 惮殃（yāng）：畏惧灾祸。

[36] 皇舆：君王所乘的车子，比喻国家政权。败绩：此处指国家颠覆。

[37] 忽：匆匆忙忙的样子，犹言“匆忙地”。

[38] 及：赶上。踵武：足迹。

[39] 荃（quán）：香草名，即荪，比喻楚怀王。中情：内心真诚。

[40] 齌（jì）怒：盛怒，暴怒。

[41] 謇（jiǎn）謇：忠贞直言的样子。

[42] 舍：控制，停止。此指停止进谏。

[43] 九天：古人认为天有九重，故称九天。正：同“证”，指以天作证。

[44] 夫唯：因为。灵修：楚人对君王的美称，此处指楚怀王。

[45] 黄昏：古代结婚迎亲的时候。

[46] 羌：楚方言发语词。

[47] 初：当初。成言：约定。

[48] 遁：隐遁，变心。有他：有另外的打算。

[49] 既：本来。难：惮，畏惧。

[50] 数（shuò）化：多次变化，反复无常。数，屡次。

◇译文

从前楚国三位君主的品德多么完美、公正无私啊，因而聚集了一大群贤臣。

兼有申椒与菌桂一类的谏臣啊，岂止是聚集了蕙和茝一样的贤臣？

唐尧虞舜是多么的光明正直啊，他们遵循正道而找到了治理国家的正确途径。

夏桀殷纣是多么的猖狂邪恶啊，他们妄图走邪道而使国家困窘难行。

结党营私的奸佞只会偷安享乐啊，国家的前途依然昏暗不明、充满险阻。

哪里是我畏惧灾祸啊，我是担心国家遭遇颠覆。

我匆匆忙忙地奔走在怀王的前后啊，是希望他能赶上先王们的足迹。

但怀王看不到我心中的真情啊，反而听信谗言而勃然大怒。

我本来就知道忠贞直言会遭遇灾祸啊，宁可忍受痛苦也不能停止进谏。

让上天为我明证啊，这都因为怀王的缘故。

说好了在黄昏时分相约啊，走到半路又改道了。

当初已经与我达成了誓言啊，随后又反悔而另有他求。

我本就不畏惧与你的离别啊，只是因你的反复无常而悲伤。

余既滋兰之九畹兮[51]，又树蕙之百亩[52]。

畦留夷与揭车兮[53]，杂杜衡与芳芷[54]。

冀枝叶之峻茂兮[55]，愿竢时乎吾将刈[56]。

虽萎绝其亦何伤兮[57]，哀众芳之芜秽[58]。

众皆竞进以贪婪兮[59]，凭不厌乎求索[60]。

羌内恕己以量人兮[61]，各兴心而嫉妒[62]。

忽驰骛以追逐兮[63]，非余心之所急[64]。

老冉冉其将至兮[65]，恐修名之不立。

朝饮木兰之坠露兮[66]，夕餐秋菊之落英[67]。

苟余情其信姱以练要兮[68]，长顑颔亦何伤[69]？

掔木根以结茝兮[70]，贯薜荔之落蕊[71]。

矫菌桂以纫蕙兮[72]，索胡绳之纚纚[73]。

謇吾法夫前修兮[74]，非世俗之所服[75]。

虽不周于今之人兮[76]，愿依彭咸之遗则[77]。

◇注释

[51] 滋：栽种，培植。畹（wǎn）：古代面积单位，田三十亩为一畹。一说十二亩或二十亩为一畹。

[52] 树：种植。

[53] 畦：田垄，指一垄一垄地种植。留夷：香草名，即芍药。揭车：香草名，花白，味辛。

[54] 杜衡：香草名，俗名马蹄香，似葵而香。芳芷：香草名，即白芷。

[55] 冀：希望。峻茂：高大茂盛。

[56] 竢（sì）：通“俟”，等待。刈（yì）：割，指收获。

[57] 萎绝：枯萎凋落。

[58] 芜秽：原指长满荒草，此处比喻人才变质。

[59] 竞进：争先恐后地往上爬。

[60] 凭：满，形容求索之甚。厌：满足。

[61] 内恕己：对自己宽容放纵。量人：指责他人。

[62] 兴：生心，起意。

[63] 驰骛（wù）：乱跑，到处奔走。

[64] 所急：迫切追求的事。

[65] 冉冉：渐渐。

[66] 坠露：欲坠之露。

[67] 落英：落花。一说初生的花。

[68] 苟：只要。信：果真。姱（kuā）：美好。练要：精练明确。

[69] 顑（kǎn）颔（hàn）：因饥饿而面黄肌瘦的样子。

[70] 擥（lǎn）：持取。木根：香木的根。结：用绳子系上。

[71] 贯：串连。薜荔：香草名，又名木莲。

[72] 矫：举，拿。

[73] 索：搓绳。纚（xǐ）纚：长而下垂，形容绳索美好的样子。

[74] 謇：楚方言，发语词。法：效法。

[75] 服：穿戴；服饰。一说做，从事。

[76] 周：相容，适合。

[77] 彭咸：殷大夫，因其君主不听他的谏言投江而死。遗则：留下的教诲。

◇译文

我已经栽种了九畹的兰草啊，又种植了百亩的蕙草。

一垄一垄地种植芍药与揭车啊，还兼种有杜衡与白芷。

希望它们枝叶繁茂啊，等待着我收获的那一天。

即使枯萎凋落也没什么可伤心啊，真正令我哀痛的是长满了杂草。

众人都争先恐后地求索着功名利禄啊，贪婪之心永远没有满足。

对自己宽容放纵却指责他人啊，各自心生私念又相互嫉妒。

匆忙地奔走追逐名利啊，并不是我心中所求。

人生的暮年渐渐降临啊，我担心美好的名声不能建立。

在清晨饮着木兰滴落的露水啊，在傍晚食用秋菊的落花。

只要我的真情美好而明确啊，长久以来的神形消陨又有什么可伤心的呢？

持取木根来编结茝草啊，将薜荔的落蕊串连。

将菌桂的枝条缀结上蕙草啊，将胡绳搓得又长又好。

我要效法前贤的装束啊，不是世俗之辈所穿戴的。

虽然不能与今人的装束相适合啊，我却愿依从彭咸留下的教诲。

长太息以掩涕兮[78]，哀民生之多艰。

余虽好修姱以鞿羁兮[79]，謇朝谇而夕替[80]。

既替余以蕙纕兮[81]，又申之以揽茝[82]。

亦余心之所善兮，虽九死其犹未悔[83]。

怨灵修之浩荡兮[84]，终不察夫民心[85]。

众女嫉余之蛾眉兮[86]，谣诼谓余以善淫[87]。

固时俗之工巧兮[88]，偭规矩而改错[89]。

背绳墨以追曲兮[90]，竞周容以为度[91]。

忳郁邑余侘傺兮[92]，吾独穷困乎此时也[93]。

宁溘死以流亡兮[94]，余不忍为此态也[95]。

鸷鸟之不群兮[96]，自前世而固然[97]。

何方圜之能周兮[98]，夫孰异道而相安？

屈心而抑志兮[99]，忍尤而攘诟[100]。

伏清白以死直兮[101]，固前圣之所厚[102]。

◇注释

[78] 太息：叹气，长叹。掩涕：掩面拭泪。

[79] 虽：同“唯”，只。修姱：洁净而美好。鞿（jī）羁：马缰绳和马笼头，此处指自我约束。

[80] 谇（suì）：进谏。一说责骂。替：废，被罢官。

[81] 替：谮。指捏造事实，诬陷。纕（xiāng）：佩带。

[82] 申：重复，再次。

[83] 悔：怨恨。

[84] 浩荡：本意指水大而肆意流动。此处指楚怀王行为放荡，不深思熟虑的样子。

[85] 民心：人心。一说指屈原的用心。

[86] 众女：比喻那群佞臣。蛾眉：比喻美德。

[87] 谣：诋毁。诼（zhuó）：诽谤。善淫：爱好淫乐。

[88] 工巧：善于取巧。

[89] 偭（miǎn）：面对着，违背。规矩：花圆和方的工具，此处指法度。错：通“措”，措施，指先圣之法。

[90] 绳墨：定直线的工具。此处指判断是非的标准。曲：斜曲。

[91] 周容：苟合取容，指谄媚之态。度：法度。

[92] 郁邑：烦恼苦闷。侘（chà）傺（chì）：惆怅不得志的样子。

[93] 穷困：走投无路。

[94] 溘（kè）：突然，忽然。流亡：随水漂流而去。

[95] 此态：苟合取容之态。

[96] 鸷（zhì）鸟：鹰类的猛禽，即雎鸠。不群：指不与燕雀乌鸦之类的鸟合群。比喻忠正。

[97] 前世：古代。

[98] 圜（yuán）：同“圆”。周：合，相合。

[99] 屈心：委曲心志。抑志：抑制情感。

[100] 尤：过错，责怪。攘：退让，忍受。诟（gòu）：咒骂，耻辱。

[101] 伏：同“服”，保持，坚守。死直：为忠直而死。

[102] 厚：重视，嘉许。

◇译文

我长长地叹息而掩面拭泪啊，哀叹人生之路是多么艰辛。

我虽然爱好美好的品德并自我约束啊，清晨向君王谏言但傍晚就被罢黜。

罢黜我的原因竟是我佩带蕙草啊，又指责我爱好采集茝草。

这是我心中所追求的真善美啊，纵使九死一生，我也绝不后悔。

埋怨怀王的行为放荡啊，终究不能明察我的忠心。

女人们都嫉妒我的美貌啊，诋毁诽谤我爱好淫乐。

本来俗人们就善于取巧啊，违背法度篡改先圣之法。

背弃是非标准而追求邪曲啊，争相以苟合取容为法度。

烦恼苦闷使我惆怅不得志啊，此时的我孤独无依、走投无路。

宁愿突然死去随水漂流而去啊，我实在不能容忍自己作媚俗之态。

鸷鸟不与燕雀乌鸦之类的鸟合群啊，自前世以来就是这般。

为什么方和圆能够相合啊，谁能够志向不同却彼此相安呢？

委屈心志而抑制情感啊，包容过错而忍受耻辱。

坚守清白为忠直而死啊，本就是先圣们所嘉许的。

悔相道之不察兮[103]，延伫乎吾将反[104]。

回朕车以复路兮[105]，及行迷之未远[106]。

步余马于兰皋兮[107]，驰椒丘且焉止息[108]。

进不入以离尤兮[109]，退将复修吾初服[110]。

制芰荷以为衣兮[111]，集芙蓉以为裳[112]。

不吾知其亦已兮[113]，苟余情其信芳[114]。

高余冠之岌岌兮[115]，长余佩之陆离[116]。

芳与泽其杂糅兮[117]，唯昭质其犹未亏[118]。

忽反顾以游目兮[119]，将往观乎四荒[120]。

佩缤纷其繁饰兮[121]，芳菲菲其弥章[122]。

民生各有所乐兮[123]，余独好修以为常[124]。

虽体解吾犹未变兮[125]，岂余心之可惩[126]？

◇注释

[103] 相（xiàng）：观看。道：道路。

[104] 延伫：长久站立。反：同“返”。

[105] 回：调转。复路：走回原路。

[106] 行迷：指迷途。

[107] 步：慢慢走。兰皋（gāo）：长有兰草的水边。皋，水边高地。

[108] 椒丘：长有椒树的山丘。焉：于此。止息：休息一下。

[109] 进不入：进而不入。此处指虽进仕于朝廷，却未被楚王真正信任和接纳。离尤：获罪。离，通“罹”，遭到。

[110] 修吾初服：指修身洁行。初服，未仕前的服饰，比喻原来的高洁品德。

[111] 制：裁制。芰（jì）：菱叶。荷：荷叶。衣：古代指上衣。

[112] 芙蓉：荷花。裳（cháng）：古代指下服，裙子。

[113] 不吾知：即“不知吾”，不了解我。

[114] 信芳：真正芳洁。

[115] 岌岌：高耸的样子。

[116] 陆离：修长美好的样子。

[117] 芳：指芬芳的东西。泽：汗衣，此处是污垢的意思。杂糅：比喻贤士与佞臣同处朝廷。

[118] 昭质：光明纯洁的品质。

[119] 游目：放眼纵观。

[120] 往观：前去观望。

[121] 缤纷：盛多的样子。

[122] 菲菲：香气浓烈。章：同“彰”，明显。

[123] 民生：人生。一说人性。

[124] 好修：爱好修饰。此处指加强自己的品德和学术修养。常：恒常之法。

[125] 犹：尚且。

[126] 惩：警戒，惧怕。

◇译文

悔恨观看道路时不能明察啊，久久站立后我将要返回。

调转我的车以走回原先的路啊，趁着误入迷途还不是太远。

让我的马慢慢走在长有兰草的水边啊，奔驰到长有椒树的山丘上并在此处休息一下。

进仕朝廷不被接纳反而遭受罪责啊，隐退后将重新穿上我从前的服饰。

裁制菱叶与荷叶制作上衣啊，采集荷花来制作下裙。

没有人了解我也就算了吧，只要我的情志真正芳洁。

加高我的帽子使其更加高耸啊，加长我的佩带使之更加修长美好。

芬芳与污垢混杂在一起啊，只有光明纯洁的品质始终没有亏损。

突然回头放眼纵观啊，将要前去观望遥远的四方。

佩戴众多华美的佩饰啊，浓郁的芳香使它们更加耀眼。

人生各有各的乐事啊，我独爱好美德已形成习惯。

即使躯体分解也不会改变啊，我的心中哪里还有所畏惧呢？

女媭之婵媛兮[127]，申申其詈予[128]。

曰鲧婞直以亡身兮[129]，终然夭乎羽之野[130]。

汝何博謇而好修兮[131]，纷独有此姱节[132]。

薋菉葹以盈室兮[133]，判独离而不服[134]。

众不可户说兮[135]，孰云察余之中情[136]？

世并举而好朋兮[137]，夫何茕独而不予听[138]。

◇注释

[127] 女媭（xū）：屈原姐姐。一说侍妾。此处应为屈原虚构的一个文学人物，并非实指。婵（chán）媛（yuán）：通“啴咺”，意为痛恻婉转陈辞。

[128] 申申：反反复复，再三地。詈（lì）：责备。

[129] 鲧（gǔn）：传说中大禹的父亲。鲧因为治理洪水失败，被舜放逐到羽

山之野，最终死在那里。婞（xìng）直：刚正。

[130] 夭：死于非命。羽之野：羽山的郊野。羽，山名，传说中鲧被杀于羽山。

[131] 謇：直言，秉性忠直。

[132] 姱节：美好的节操。

[133] 薋（cí）：积聚，聚集。菉（lù）葹（shī）：皆恶草名，比喻谗佞小人。盈室：满屋。

[134] 判：区别。独离：与众不同的样子。

[135] 户说（shuì）：一家一户地说明自己的心志。

[136] 云：助词，无实义。余：我们。这是女媭站在屈原一边说话的口吻。

[137] 世并举：世俗的人彼此标榜。朋：朋党。

[138] 茕（qióng）：孤。无兄弟称“茕”。独：无子称“独”。不予听：即“不听予”。

◇译文

姐姐对我十分担忧啊，再三地责备我。

她说鲧就是因为刚直才遭到流放的啊，最后死在了羽山的郊野。

你为什么要直言无忌且爱好美洁啊，还独有众多美好的节操？

积聚的菉葹已经填满了屋子啊，你却偏与众人不同而不愿佩戴在身上。

无法一家一户地说明自己的心志啊，谁能明察我心中的衷情呢？

世俗的人彼此标榜爱好结党啊，你为什么独独不听我的劝告。

依前圣以节中兮[139]，喟凭心而历兹[140]。

济沅湘以南征兮[141]，就重华而陈词[142]。

启《九辩》与《九歌》兮[143]，夏康娱以自纵[144]。

不顾难以图后兮[145]，五子用失乎家巷[146]。

羿淫游以佚畋兮[147]，又好射夫封狐[148]。

固乱流其鲜终兮[149]，浞又贪夫厥家[150]。

浇身被服强圉兮[151]，纵欲而不忍[152]。

日康娱而自忘兮[153]，厥首用夫颠陨[154]。

夏桀之常违兮[155]，乃遂焉而逢殃[156]。

后辛之菹醢兮[157]，殷宗用而不长[158]。

汤禹俨而祗敬兮[159]，周论道而莫差[160]。

举贤而授能兮[161]，循绳墨而不颇[162]。

皇天无私阿兮[163]，览民德焉错辅[164]。

夫维圣哲以茂行兮[165]，苟得用此下土[166]。

瞻前而顾后兮[167]，相观民之计极[168]。

夫孰非义而可用兮[169]，孰非善而可服[170]。

阽余身而危死兮[171]，览余初其犹未悔[172]。

不量凿而正枘兮[173]，固前修以菹醢[174]。

曾歔欷余郁邑兮[175]，哀朕时之不当[176]。

揽茹蕙以掩涕兮[177]，沾余襟之浪浪[178]。

◇注释

[139] 节中：节度中和，保持正道。

[140] 喟（kuì）：叹息。凭：愤，懑。历兹：以至于此，直到现在。兹，此。

[141] 济：渡过。

[142] 就：靠近。重（chóng）华：舜的别称。

[143] 启：即夏启。禹的儿子，夏朝开国君主。《九辩》与《九歌》：《九辩》与《九歌》为乐曲名，相传是启从天上偷带到人间的乐曲。

[144] 夏：夏启。康娱：耽于安逸，贪图享乐。

[145] 图后：考虑将来。

[146] 五子：指夏启的五个儿子。用：因此。家巷（hòng）：内讧。巷，通“哄”。

[147] 羿：指后羿，相传为夏代部落酋长，擅长射箭。淫游：过度沉溺于游乐。佚：放纵。畋（tián）：打猎。

[148] 封狐：大狐狸。

[149] 乱流：淫乱之徒。鲜（xiǎn）终：少有好的结果。

[150] 浞（zhuó）：指寒浞，后羿的相。

[151] 浇（ào）：即过浇，寒浞的儿子。强圉（yǔ）：强壮多力。传说浇勇猛有力，曾起兵灭了斟灌、斟寻二族，杀死逃在那里的夏相，后又被夏相的儿子少康杀死。

[152] 不忍：不能加以克制。

[153] 日：天天。自忘：忘记自身的危险。

[154] 厥：其，指浇。用夫：因此。颠陨：坠落。

[155] 夏桀（jié）：夏朝亡国之君。常违：即“违常”，倒行逆施。

[156] 遂焉：于是就这样。遂，终于。一说为地名。逢殃：遭遇灾祸。此处指亡国。

[157] 辛：商纣王名。菹（zū）醢（hǎi）：此处指古代的一种酷刑，把人剁成肉酱。

[158] 殷宗：指殷商王朝。用而：因而。

[159] 俨（yǎn）：庄严，严肃。祇（zhī）敬：恭敬谨慎。

[160] 周：指周初的文王、武王。莫差：正确无误，没有丝毫差错。

[161] 举：选拔，选举。授：任用。

[162] 循绳墨：遵循法度。颇：倾斜。

[163] 私阿：偏私。阿，偏袒。

[164] 错：通“措”，安排，施行。辅：辅助。

[165] 圣哲：指古代有德行才智的帝王。茂行：美好的德行。

[166] 下土：天下，相对于“上天”而言。

[167] 瞻前而顾后：观察古往今来的成败。

[168] 相（xiàng）观：观察。计极：最根本的打算。

[169] 非义：不行仁义。

[170] 非善：不行善事。服：用，行。

[171] 阽（diàn）：面临危险。

[172] 初：初心，初衷。

[173] 凿（záo）：器物上的孔眼，安放榫头的地方。枘（ruì）：榫头。此处指诤臣不肯苟合取容，而不得善终。

[174] 前修：前贤。

[175] 曾：一次次。一说通“增”，更加。歔（xū）欷（xī）：悲泣的声音。

[176] 时之不当：指生不逢时。

[177] 茹蕙：柔软的蕙草。

[178] 沾：浸湿。浪浪：泪流不止的样子。

◇译文

依据先圣以保持正道啊，叹息为何遭遇如此灾祸。

渡过沅水和湘水向南进发啊，靠近舜帝而大声陈说。

夏启有《九辩》与《九歌》后啊，他就耽于安逸，贪图享乐，放纵自己。

不顾念先王创业艰难而考虑将来啊，因此导致五个儿子相争产生内讧。

后羿过度沉溺于游乐而放纵打猎啊，又爱好射杀大狐狸。

原本淫乱之徒就少有好的结果，寒浞杀了后羿夺权后又霸占了他的妻子。

过浇身披坚甲勇猛过人啊，放纵欲念而不能克制。

一天天寻欢作乐而忘记了自身的危险啊，他的头颅因此而坠落。

夏桀常常倒行逆施啊，于是就这样遭遇了亡国之灾。

后来的纣王帝辛发明了将人剁成肉酱的刑罚啊，殷商因此不能长久。

商汤和夏禹都是严肃而谨慎的啊，周初的文王、武王也没有丝毫差错。

选举贤才而任用能人啊，遵循法度而没有倾斜。

上天对一切都是没有偏袒的啊，看到有贤德的人就施行了辅助。

只有古代的帝王拥有美好的德行啊，才能享有这天下的土地。

观察古往今来的成败啊，观察人生最根本的打算。

有谁不行仁义而被任用啊，又有谁不行善事而被任用。

我面临危险几度生死啊，察看我的初心依然没有反悔。

不测量凿而选用适合的榫头啊，这本就是先贤被剁成肉酱的原因。

屡屡悲泣我心中的郁闷啊，哀叹我生不逢时。

拿着柔软的蕙草而掩面痛哭啊，滚滚热泪沾湿了我的衣襟。

跪敷衽以陈辞兮[179]，耿吾既得此中正[180]。

驷玉虬以乘鷖兮[181]，溘埃风余上征[182]。

朝发轫于苍梧兮[183]，夕余至乎县圃[184]。

欲少留此灵琐兮[185]，日忽忽其将暮。

吾令羲和弭节兮[186]，望崦嵫而勿迫[187]。

路曼曼其修远兮[188]，吾将上下而求索。

饮余马于咸池兮[189]，总余辔乎扶桑[190]。

折若木以拂日兮[191]，聊逍遥以相羊[192]。

前望舒使先驱兮[193]，后飞廉使奔属[194]。

鸾皇为余先戒兮[195]，雷师告余以未具[196]。

吾令凤鸟飞腾兮[197]，继之以日夜。

飘风屯其相离兮[198]，帅云霓而来御[199]。

纷总总其离合兮[200]，斑陆离其上下[201]。

吾令帝阍开关兮[202]，倚阊阖而望予[203]。

时暧暧其将罢兮[204]，结幽兰而延伫[205]。

世溷浊而不分兮[206]，好蔽美而嫉妒[207]。

◇注释

[179] 敷：铺开。衽（rèn）：衣的前襟。

[180] 耿：明亮的样子。中正：正道。

[181] 驷（sì）：古代用四匹马驾车，这四匹马叫驷。此处是同驾的意思。虬：传说中无角的龙。鷖（yì）：凤凰一类的鸟。

[182] 上征：上天远行。

[183] 发轫（rèn）：启程，出发。轫，停车时用来阻止车轮转动的一块木头，行车时先将轫移开。苍梧：即九嶷山，舜所葬之地。

[184] 县（xuán）圃（pǔ）：即悬圃，神山，在昆仑山上。县，同“悬”。

[185] 灵琐：神灵所居的宫门。

[186] 羲和：神话人物，传说是给太阳驾车的神人。弭（mǐ）节：停鞭徐行。弭，停。节，鞭。

[187] 崦（yān）嵫（zī）：神山名，传说为日所入之山。

[188] 曼曼：即漫漫，遥远的样子。修：长。

[189] 咸池：神话中的地名，传说是太阳沐浴的地方。

[190] 扶桑：神树名，传说是太阳升起的地方。

[191] 若木：神树名，传说是太阳落下的地方。拂日：挡住太阳，不让它落下。

[192] 逍遥：悠游自得的样子。相羊：通“徜徉”，徘徊逗留。

[193] 望舒：神话人物，传说是给月亮驾车的神人。

[194] 飞廉：神话人物，风神。奔属（zhǔ）：在后面跟随。

[195] 鸾：神鸟名，凤一类的大鸟。皇：通“凰”，雌凤。先戒：先行而戒备。

[196] 雷师：雷神。未具：没有准备好。

[197] 凤鸟：指凤车。

[198] 飘风：旋风。离：通“丽”，附拢。

[199] 帅：通“率”，率领。云霓：云霞。御：通“迓”，迎接。

[200] 离合：忽散忽聚。

[201] 斑：斑斓，五光十色。

[202] 帝阍（hūn）：为天帝守门的人。阍，守门人。

[203] 阊（chāng）阖（hé）：天门。

[204] 暧（ài）暧：日色昏暗的样子。罢：终了，指白日将尽。

[205] 结：编结，此处是寄情的意思。

[206] 溷（hùn）浊：混乱污浊。溷，义同“浊”。

[207] 蔽：掩盖。

◇译文

跪下铺开衣襟慷慨陈词啊，我已经得到这正道而心中充满光明。

驾驭四条虬龙乘坐着凤车啊，倏忽间我乘风而上天远行。

清晨从苍梧出发啊，傍晚我到达了悬圃。

想要稍稍停留在这宫门前片刻啊，太阳却渐渐隐入暮色。

我命令羲和停鞭徐行啊，望见崦嵫而不再赶路。

前方的路途多么遥远而漫无边际啊，我将上天入地而追求理想。

在咸池边饮我的马啊，将马的缰绳系在扶桑树上。

折下若木的枝条挡住太阳啊，姑且悠游徜徉自由自在。

让望舒驾月车在前方开路啊，让飞廉在后面跟随。

早有鸾鸟凤凰为我戒严道路啊，雷神却告诉我没有准备好。

我命令凤鸟飞腾在九天啊，夜以继日不得疏忽。

旋风突然使队伍相互附拢啊，率领云霞前来迎接。

云霓越聚越多忽散忽聚啊，五光十色上下翻转。

我命令帝阍打开天门啊，他却倚靠在天门外望着我。

此刻日色昏暗白日将尽啊，只得编结幽兰久久伫立凝望。

世道混乱污浊不分啊，爱好嫉妒才掩盖贤才。

朝吾将济于白水兮[208]，登阆风而緤马[209]。

忽反顾以流涕兮[210]，哀高丘之无女[211]。

溘吾游此春宫兮[212]，折琼枝以继佩[213]。

及荣华之未落兮[214]，相下女之可诒[215]。

吾令丰隆乘云兮[216]，求宓妃之所在[217]。

解佩纕以结言兮[218]，吾令蹇修以为理[219]。

纷总总其离合兮，忽纬繣其难迁[220]。

夕归次于穷石兮[221]，朝濯发乎洧盘[222]。

保厥美以骄傲兮[223]，日康娱以淫游[224]。

虽信美而无礼兮，来违弃而改求[225]。

览相观于四极兮[226]，周流乎天余乃下[227]。

望瑶台之偃蹇兮[228]，见有娀之佚女[229]。

吾令鸩为媒兮[230]，鸩告余以不好。

雄鸠之鸣逝兮[231]，余犹恶其佻巧[232]。

心犹豫而狐疑兮[233]，欲自适而不可[234]。

凤皇既受诒兮[235]，恐高辛之先我[236]。

◇注释

[208] 白水：神话中的水名，源出昆仑山。

[209] 阆风：神山名，在昆仑山上。緤（xiè）：拴，系。

[210] 反顾：回头望。

[211] 女：神女。

[212] 春宫：神话中东方青帝（春神）之宫。

[213] 琼枝：玉树的枝。继佩：增加佩饰。

[214] 荣华：繁花。

[215] 下女：下界的女子。诒（yí）：通“贻”，赠送。

[216] 丰隆：云神。一说雷神。

[217] 宓（fú）妃：神话人物，传说是伏羲氏的女儿，溺死于洛水，成为洛水女神。宓，同“伏”。

[218] 结言：约定，结誓。

[219] 蹇修：人名，伏羲的臣子。理：使者，媒人。

[220] 纬繣（huà）：乖戾，别扭。难迁：心志难以改变。

[221] 次：住宿。穷石：神山名，传说中后羿居住的地方。

[222] 洧（wěi）盘：神话中的水名，出崦嵫山。

[223] 保：依仗，仗着。厥：其，指宓妃。

[224] 淫游：过分游乐。

[225] 违弃：抛开。改求：另外寻求。

[226] 览相观：三字同义，都是“看”的意思。指细细观察。

[227] 周流：到处游览。

[228] 瑶台：以玉砌成的台。瑶，美玉。偃（yǎn）蹇（jiǎn）：高耸的样子。

[229] 有娀（sōng）：传说中的上古国名。佚女：美女。

[230] 鸩（zhèn）：传说中的毒鸟，羽毛有剧毒，放入酒中可以毒死人。

[231] 鸣逝：边叫边飞。

[232] 佻（tiāo）：轻佻。

[233] 犹豫：拿不定主意。

[234] 自适：亲自去。

[235] 受诒：接受赠送的礼品。此处指凤凰已经接受了帝喾委托它送给简狄的

聘礼。

[236] 高辛：指帝喾。

◇译文

清晨我将渡过白水啊，登上阆风山而系好马儿。

忽然回头望着不禁潸然泪下啊，哀叹高山之上竟然没有美女。

我忽然来到这青帝的宫殿游历啊，攀折下玉树的枝条来增加我的佩饰。

趁着那繁华还没有凋落啊，看看下界的哪个女子可以赠送。

我命令丰隆乘云而去啊，去寻求宓妃居住的地方。

解下佩带的香囊用来订立约定啊，我命令蹇修来做媒人。

云霓越聚越多忽散忽聚啊，很快就知道事情别扭而心志难以改变。

傍晚回到穷石住宿啊，清晨在洧盘洗濯秀发。

仰仗着她的美丽和傲慢啊，每天贪图安逸，游玩享乐。

虽然她确实美丽却没有礼教啊，罢了，放弃她而去别处寻求吧。

观看天下四方啊，周游天际后我将降临下土。

观望瑶台的高耸啊，看到了有娀国的美女。

我命令鸩鸟为我做媒啊，鸩鸟告诉我她的不好。

雄鸠高叫着远去啊，我实在厌恶它的轻佻讨巧。

心中犹豫不定充满疑惑啊，想要亲自造访又不能够。

凤凰已经接受了聘礼啊，又害怕帝喾先我一步。

欲远集而无所止兮，聊浮游以逍遥[237]。

及少康之未家兮[238]，留有虞之二姚[239]。

理弱而媒拙兮[240]，恐导言之不固[241]。

世溷浊而嫉贤兮[242]，好蔽美而称恶[243]。

闺中既以邃远兮[244]，哲王又不寤[245]。

怀朕情而不发兮[246]，余焉能忍与此终古[247]。

◇注释

[237] 浮游：漫游。

[238] 及：趁着。少康：夏朝中兴的君主，夏相的儿子。未家：未结婚。

[239] 有虞（yú）：夏朝的诸侯国名，姚姓。二姚：有虞国君主的两个女儿，嫁给了少康。

[240] 理弱：指媒人软弱。

[241] 导言：媒人传达双方意见的言辞。不固：不牢靠。

[242] 嫉贤：嫉妒贤能。

[243] 称恶：称赞邪恶。

[244] 邃（suì）远：深远，比喻不可接近。

[245] 哲王：贤智的君王，此处指楚王。寤：同“悟”，醒悟。

[246] 发：伸，抒泄。

[247] 终古：永久。

◇**译文**

想要在远方栖身却没有停留的居所啊，姑且漫游在天地间逍遥自在。

趁着少康还没有成家啊，有虞氏的两个女儿还待字闺中。

使者软弱而媒人又笨拙啊，恐怕传达的言辞并不牢靠。

世道混乱而嫉妒贤能啊，爱好掩盖美好而称赞邪恶。

宫室之中如此深远啊，怀王却不能醒悟。

怀有我这样的衷情却不能抒发啊，我怎么能够强忍郁闷而终此一生呢。

索藑茅以筳篿兮[248]，命灵氛为余占之[249]。

曰两美其必合兮[250]，孰信修而慕之[251]？

思九州之博大兮，岂唯是其有女[252]？

曰勉远逝而无狐疑兮[253]，孰求美而释女[254]？

何所独无芳草兮[255]，尔何怀乎故宇[256]？

世幽昧以昡曜兮[257]，孰云察余之善恶[258]。

民好恶其不同兮[259]，惟此党人其独异[260]。

户服艾以盈要兮[261]，谓幽兰其不可佩。

览察草木其犹未得兮[262]，岂珵美之能当[263]？

苏粪壤以充帏兮[264]，谓申椒其不芳[265]。

欲从灵氛之吉占兮[266]，心犹豫而狐疑。

巫咸将夕降兮[267]，怀椒糈而要之[268]。

百神翳其备降兮[269]，九疑缤其并迎[270]。

皇剡剡其扬灵兮[271]，告余以吉故[272]。

曰勉升降以上下兮，求矩矱之所同[273]。

汤禹严而求合兮[274]，挚咎繇而能调[275]。
苟中情其好修兮[276]，又何必用夫行媒[277]。
说操筑于傅岩兮[278]，武丁用而不疑[279]。
吕望之鼓刀兮[280]，遭周文而得举[281]。
宁戚之讴歌兮[282]，齐桓闻以该辅[283]。
及年岁之未晏兮[284]，时亦犹其未央[285]。
恐鹈鴂之先鸣兮[286]，使夫百草为之不芳[287]。
何琼佩之偃蹇兮[288]，众薆然而蔽之[289]。
惟此党人之不谅兮[290]，恐嫉妒而折之[291]。
时缤纷其变易兮，又何可以淹留[292]。
兰芷变而不芳兮，荃蕙化而为茅[293]。
何昔日之芳草兮，今直为此萧艾也[294]。
岂其有他故兮[295]，莫好修之害也[296]。
余以兰为可恃兮[297]，羌无实而容长[298]。
委厥美以从俗兮[299]，苟得列乎众芳[300]。
椒专佞以慢慆兮[301]，樧又欲充夫佩帏[302]。
既干进而务入兮[303]，又何芳之能祗[304]。
固时俗之流从兮[305]，又孰能无变化。
览椒兰其若兹兮，又况揭车与江离[306]。
惟兹佩之可贵兮[307]，委厥美而历兹[308]。
芳菲菲而难亏兮[309]，芬至今犹未沬[310]。
和调度以自娱兮[311]，聊浮游而求女[312]。
及余饰之方壮兮[313]，周流观乎上下[314]。

◇注释

[248] 藑（qióng）茅：灵草，可用来占卜。筳（tíng）篿（zhuān）：用来占卜的竹片。

[249] 灵氛：神巫名，传说中善于占卜的人。

[250] 两美：双方美好。比喻贤臣和明君。

[251] 信修：真正品行美好。

[252] 是：此，指楚国。女：指神女、宓妃、简狄、二姚等美女。

[253] 勉：劝你自勉，勉力。

[254] 释：放弃。女（rǔ）：同“汝”，你。

[255] 何所：何处。

[256] 故宇：旧居，指故国。

[257] 幽昧：昏暗。眩（xuàn）曜（yào）：本指阳光强烈，令人眼花，此处指眼光迷乱的样子。

[258] 察：明辨。恶（wù）：厌恶，憎恶。

[259] 民：指天下众人。

[260] 党人：指那群奸臣。独异：更加特别。

[261] 户：家家户户。服：佩带。艾：艾草。要：通“腰”。

[262] 览察：察看。

[263] 珵（chéng）美：即“美珵”，美玉。

[264] 苏：取。粪壤：粪土。帏：古人佩带的香囊。

[265] 申椒：香木名，指申地之椒。

[266] 占：卜兆。

[267] 巫咸：神巫名。夕降：傍晚从天而降。

[268] 椒糈（xǔ）：香草精米，均用以享神。糈，精米。要：通“邀”，迎接。

[269] 百神：指天上的众神。翳：遮蔽，指遮天蔽日。备降：全部降临。

[270] 九疑：山名，一般指九嶷山，又名苍梧山。在今天湖南省境内。此处指九嶷山众神。缤：众多的样子。

[271] 皇：通"煌"，光彩的样子。剡（yǎn）剡：光芒闪射的样子。扬灵：显灵。

[272] 吉故：吉祥的故事，指明君遇到贤臣。

[273] 矩：画方形的工具。矱（yuē）：画长短的工具，指法度，准则。

[274] 严：一作"俨"，恭敬。求合：访求志同道合的人。

[275] 挚（zhì）：伊尹名，是商汤的贤臣。伊尹出身微贱，后被汤举为相，辅佐汤攻灭夏桀。咎（gāo）繇（yáo）：即皋陶，是夏禹的贤臣。调：协调，调和。

[276] 中情：内心真诚。

[277] 用：凭借。

[278] 说（yuè）：即傅说，殷商时期武丁的贤相。操：持，拿。筑：筑墙用的杵。傅岩：地名，在今山西省平陆县附近。相传傅说曾为奴隶，在傅岩操杵筑墙，被武丁起用为相，殷大治。

[279] 武丁：殷商第二十二任君主。相传武丁在夜里梦得贤臣，与筑墙的傅说长得一模一样，于是就起用他为相，在其辅佐之下，创造了历史上"武丁中兴"的盛世。用：重用。

[280] 吕望：即姜太公，姜姓，吕氏，名尚。曾被称为太公望，所以又叫吕望。后遇周文王，拜为"太师"。

[281] 周文：周文王。举：举用，任用。

[282] 宁戚：人名，春秋时期卫国人。在齐国经商，有一天晚上，他住宿在齐国京城东门外，夜里喂牛时，看见齐桓公夜出，他就敲牛角唱歌，感叹自己怀才不遇。齐桓公听到后，就找他谈话，知道他是有才华的人，于是就举用他为客卿（一说大夫）。讴歌：唱歌。

[283] 该辅：充任辅佐大臣。该，充任。辅，辅佐。

[284] 晏：晚。

[285] 犹其：即“其犹”，“它还……”。央：尽，完。

[286] 鹈（tí）鴂（jué）：鸟名，即杜鹃，常于暮春初夏时鸣，正是落花时节。一说伯劳，于秋天鸣，此时百草开始枯萎。

[287] 百草：各种花草。

[288] 琼佩：佩玉。偃蹇：盛多美丽的样子。

[289] 薆（ài）：遮蔽，掩盖。

[290] 谅：信用，诚信。

[291] 折：摧毁。

[292] 淹留：久留。

[293] 茅：恶草名，即茅草。比喻已经蜕化变质的谗佞之人。

[294] 直：变易太甚之意。萧艾：萧、艾都是恶草名。比喻君子蜕化成小人。

[295] 他故：其他的理由。

[296] 害：弊端。

[297] 兰：隐喻贤才之变节者。可恃：可以依靠。

[298] 无实：不结果实。容长：外表很好。

[299] 委：抛弃。从：追随。

[300] 苟得：苟且地得以。指自身的才德与所取得的地位不相称。

[301] 椒：花椒。隐喻贤才之变节者。专：专横。佞：谄媚。慢慆（tāo）：傲慢无礼。

[302] 榝（shā）：茱萸的一种，屈原将它作为恶草。

[303] 干（gān）进：求进。入：入仕。

[304] 祗：散发。

[305] 流从：随波逐流。一作“从流”。

[306] 揭车与江离：比喻自己培育的一般人才。

[307] 兹佩：此佩，比喻自己的内美与追求。

[308] 历：选择。

[309] 芳菲菲：指香气浓郁。亏：减少。

[310] 沬（mèi）：通“昧”，暗淡，消散。

[311] 和：节奏和谐。调度：格调与法度。调（diào），身上玉佩发出的铿锵响声。度，步伐整齐。自娱：自乐。

[312] 聊：姑且。求女：寻求志同道合的人。

[313] 方：正在。壮：盛多。

[314] 上下：到处。

◇译文

拿来藑茅、竹片进行占卜啊，命令灵氛为我占卜。

他说两种美好的事物必然相合啊，哪个真正品行美好的人不被羡慕呢？

想一想九州之地的广博啊，岂止是楚国有美女呢？

他说勉力远行而不要有所怀疑啊，哪个追求美好的人会放弃你呢？

哪里没有芳香的花草啊，你有何必怀念故国呢？

世道昏暗使人迷乱啊，谁说能明察我心中的善恶呢。

天下众人的善恶是不同的啊，只有那群奸臣更加特别。

家家户户都将艾草佩戴在腰间啊，说幽兰不能作佩饰。

查看草木都不能辨别出啊，难道美玉就能辨别出了吗？

拾取粪土装满香囊啊，反而说申椒不芳香。

我打算听从灵氛吉祥的卜辞啊，心中犹豫尚存有疑惑。

巫咸将在傍晚时分从天而降啊，我将怀抱香草精米来迎接。

天上的众神遮天蔽日纷纷降临啊，九嶷山的众神们都出来相迎。

光芒闪射、众神显灵啊，告诉我灵氛占吉卜的缘故。

他说我上天入地周游四方啊，只为寻求志同道合的人。

商汤夏禹虔诚求索与自己志同道合的人啊，伊尹、皋陶得以与他们相协调。

如果内心真诚而爱好美德啊，又何必凭借媒人进行沟通。

傅说在傅岩操杵筑墙啊，武丁任用他而从不怀疑。

吕望在集市操刀卖肉啊，遇到周文王而得以重用。

宁戚在喂牛时击牛角唱歌啊，齐桓公听后让他来辅佐自己。

趁年纪还没有太老啊，时机也还没有用尽。

唯恐杜鹃鸟儿早早啼叫啊，使各种花草都凋落。

为何佩玉这般美丽啊，众人都遮蔽它的光芒。

只有这些党徒们不诚信啊，恐怕会嫉妒它而将之摧毁。

时代纷繁而容易变换啊，又有什么是可以久留的呢。

兰草、白芷变化而不再芬芳啊，荃蕙变化而成为茅草。

为什么往日芳香的花草啊，如今都变成这般的恶草。

难道是有什么别的缘故吗？这是不爱好美德的害处啊。

我以为兰草可以依靠啊，却不知其只是华而不实罢了。

抛弃它的美好而追随世俗啊，苟且地得以列入众芳草的行列。

花椒专横谄媚又傲慢无礼啊，椴又想要混进人们的香囊之中。

既然一心求进想要入仕啊，又怎么能够对芳草尊敬。

本来时俗就是随波逐流的啊，又有谁能够坚定不移呢。

看到花椒和兰草也是这样啊，又何况揭车与江离呢。

这佩饰是如此可贵啊，它的美好品质竟遭受唾弃至如此地步。

香囊的香气浓郁而难以减少啊，芳香至今还没有消散。

调节步伐自娱自乐啊，姑且四处游览去寻找志同道合的人。

趁着我正在盛年的时候啊，到处观光游历。

灵氛既告余以吉占兮[315]，历吉日乎吾将行[316]。

折琼枝以为羞兮[317]，精琼爢以为粻[318]。

为余驾飞龙兮，杂瑶象以为车[319]。

何离心之可同兮[320]，吾将远逝以自疏[321]。

邅吾道夫昆仑兮[322]，路修远以周流。

扬云霓之晻蔼兮[323]，鸣玉鸾之啾啾[324]。

朝发轫于天津兮[325]，夕余至乎西极[326]。

凤皇翼其承旂兮[327]，高翱翔之翼翼[328]。

忽吾行此流沙兮[329]，遵赤水而容与[330]。

麾蛟龙使梁津兮[331]，诏西皇使涉予[332]。

路修远以多艰兮，腾众车使径侍[333]。

路不周以左转兮[334]，指西海以为期[335]。

屯余车其千乘兮[336]，齐玉轪而并驰[337]。

驾八龙之婉婉兮[338]，载云旗之委蛇[339]。

抑志而弭节兮[340]，神高驰之邈邈[341]。

奏《九歌》而舞《韶》兮[342]，聊假日以媮乐[343]。

陟升皇之赫戏兮[344]，忽临睨夫旧乡[345]。

仆夫悲余马怀兮[346]，蜷局顾而不行[347]。

乱曰[348]：已矣哉[349]，国无人莫我知兮[350]，又何怀乎故都？

既莫足与为美政兮[351]，吾将从彭咸之所居[352]。

◇注释

[315] 吉占：吉卦。

[316] 历：选择。

[317] 羞：通“馐”，指美食。

[318] 精：捣碎。琼爢（mí）：玉的细末。粻（zhāng）：粮食。

[319] 杂：兼用。象：象牙。

[320] 离心：不同心。

[321] 远逝：远去。

[322] 邅（zhān）：楚方言，转向。

[323] 晻（ǎn）蔼：阴暗，此处指云霞蔽日的样子。

[324] 玉鸾：玉铃，车铃的美称。

[325] 天津：天河的渡口。在东极箕、斗二星之间。

[326] 西极：西方的尽头。

[327] 翼：翅膀。此处指张开翼翅。承：举。旂：同“旗”，旌旗。

[328] 翼翼：整齐有序的样子。

[329] 流沙：神话中的沙漠地带。

[330] 赤水：神话中的水名，源出昆仑山。容与：踌躇不前的样子。

[331] 麾（huī）：指挥。梁：架桥。

[332] 西皇：即少皞，一作少昊。古代神话中的西方天神，五帝之一。

[333] 腾：传告，传令。径侍：直接侍候。侍，侍卫。

[334] 不周：神山名，在昆仑山西北。

[335] 西海：神话中西方之海。

[336] 屯：聚集。

[337] 玉轪（dài）：车轮的美称。轪，车轮。

[338] 婉婉：同“蜿蜿”，形容龙在天空蜿蜒飞行的样子。

[339] 委（wēi）蛇（yí）：即“逶迤”，形容云旗飘动的样子。

[340] 志：通“帜”，旗帜。弭节：按节缓行。

[341] 神：神思，思绪。邈（miǎo）邈：遥远无际的样子。

[342] 韶：即《九韶》，传说中虞舜时期的舞乐。

[343] 假（jiǎ）日：假借时日，犹言借此时机。假，借。媮（yú）：通“愉”，娱乐。

[344] 皇：皇天。赫戏：光明的样子。

[345] 临睨（nì）：居高下视。睨，旁视。旧乡：故乡，此处指楚国。

[346] 仆：御者。怀：思。

[347] 蜷局：诘屈不申的样子。此处指龙马不肯前进。

[348] 乱：终篇的结语。

[349] 已矣哉：绝望之词，犹言“算了吧！”

[350] 莫我知：即“莫知我”。

[351] 足：足以。为：实行。美政：行美德，施善政。

[352] 彭咸之所居：指昆仑流沙一带，彭咸遁迹归隐之所。居，住所，此处指一生所选择的道路和归宿。

◇译文

灵氛已经告诉我是吉祥的占卜啊，选好吉祥的日子我将要出行。

攀折琼枝作为美餐啊，捣碎玉屑作为点心。

为我驾起腾飞的龙车啊，用象牙来装饰我的车身。

不同心如何能够同归一途啊，我将远行离开故国。

我调转车头取道昆仑啊，路途遥远就绕四方游览吧。

张扬的云霓遮天蔽日啊，车上的玉铃发出啾啾的声响。

清晨从天河的渡口出发啊，傍晚就到达了西方的尽头。

凤凰张开双翅举起旌旗啊，高高地翱翔在天空上整齐有序。

突然我们这一行来到了这流沙地带啊，循着赤水的沿岸而踌躇不前。

指挥蛟龙在赤水河上架起桥梁啊，命令少昊帮助我涉险过关。

路途遥远而且有众多的艰险啊，传令众车驾直接侍候在身旁。

路过不周山而向左转啊，遥指西海作为约定会面的地点。

聚集我的车驾足足有千乘之多啊，整齐的车轮并排奔驰。

驾乘八匹龙马的车驾蜿蜒飞行啊，载着迎风飘动的云旗。

气定神闲地缓缓前进啊，思绪已经飞越到遥远没有边际的地方去了。

演奏《九歌》并应和《韶》乐而舞蹈啊，姑且假借这时日来娱乐。

登临皇天的光明浩大啊，忽然向下看到了故国家乡。

车夫悲痛我的马也怀念啊，龙马也回头观望故国不肯前进。

尾声：算了吧！国中没有能了解我的贤士啊，又何必怀念故国呢？

既然没有谁能与我一起致力于美政啊，我将追随彭咸到他的居所去。

天问[1]

曰：遂古之初[2]，谁传道之[3]？
上下未形[4]，何由考之[5]？
冥昭瞢暗[6]，谁能极之[7]？
冯翼惟像[8]，何以识之？
明明暗暗[9]，惟时何为[10]？
阴阳三合[11]，何本何化[12]？
圜则九重[13]，孰营度之[14]？
惟兹何功[15]，孰初作之？
斡维焉系[16]？天极焉加[17]？
八柱何当[18]？东南何亏[19]？
九天之际[20]，安放安属[21]？
隅隈多有[22]，谁知其数？
天何所沓[23]？十二焉分[24]？
日月安属[25]？列星安陈[26]？
出自汤谷[27]，次于蒙汜[28]。
自明及晦[29]，所行几里？

夜光何德[30]，死则又育[31]？

厥利维何[32]，而顾菟在腹[33]？

女岐无合[34]，夫焉取九子？

伯强何处[35]？惠气安在[36]？

何阖而晦[37]？何开而明？

角宿未旦[38]，曜灵安藏[39]？

◇注释

[1] 天问：即问天。王逸《楚辞章句》："何不言'问天'？天尊不可问，故而成为'天问'。"一说即天的问题。

[2] 遂古：远古。遂：通"邃"，远。

[3] 传道：流转导引。道：通"导"，导引。

[4] 上下：天地。上指天，下指地。未形：未形成。指盘古开天辟地之前，宇宙一片混沌。

[5] 考：考察。

[6] 冥昭：幽暗与光明。此处指夜与昼。瞢（méng）暗：混沌不明的样子。

[7] 极：穷尽。此处指洞悉，看透。

[8] 冯（píng）翼：此处指天地未形成以前，世界混沌空蒙的样子。《淮南子·天文训》："天地未形，冯冯翼翼。"冯，通"凭"，满。像：想象中的虚拟之像。古人把无实物存在，只可以想象的形称为"象"。

[9] 明明暗暗：指白昼与黑夜。

[10] 时：通"是"，这样，这个。何为：即"为何"，是什么。

[11] 阴阳：古代中国哲学范畴的名词，指阴气与阳气。三合：即相合，指阴

阳二气参错会合，衍生万物。三，同“参”。

[12] 本：本来，根本。指主体。化：造化，派生。

[13] 圜（yuán）：同“圆”，指圆形的天盖。古人认为“天圆如张盖”。九重：九层。古代传说中天有九层，后世谓“九重天”。

[14] 营度：环绕测量。营，通“萦”，环绕。

[15] 兹：此，这个。何功：多么伟大的工程。功，同“工”，工程。

[16] 斡（guǎn）：车轮转轴。此处指天体运转的轴。维：绳子。古人认为天体被巨大的绳子系住。

[17] 天极：指南北极。极，顶端。加：通“架”，支撑，安放。

[18] 八柱：古代传说中，天是由八根柱子支撑着的，这八根柱子分别对应地上的八座大山。当：在。一说对着。

[19] 亏：缺损。

[20] 九天：指天的中央和八方。一说九层天。际：边际，边界。

[21] 安：何处，哪里。放：依托。属：连接，依附。

[22] 隅：指角落。隈（wēi）：指弯曲的地方。

[23] 沓（tà）：合。此处指天地相合。古人认为天像一个盖子盖在地上，因而天与地有相合的地方。

[24] 十二：指十二时辰。古人按照日月在黄道上的十二个会和点，把一个昼夜划分为十二个时段，即子、丑、寅、卯、辰、巳、午、未、申、酉、戌、亥。

[25] 安属：何处寄托。属，依托，寄托。

[26] 列星：指群星。

[27] 汤（yáng）谷：神话中的地名，即旸谷，传说是太阳升起的地方。

[28] 次：止息。蒙汜（sì）：神话传说中太阳休息的地方。

[29] 明：白天。晦：夜晚。

[30] 夜光：指月亮。

[31] 死则又育：指月亮的缺与圆。死，指月亏之时。育，生，对应“死”，指月圆之时。古人认为月亮的圆与缺就是其生与死，月亮不断地经历圆缺，就是生死的循环。

[32] 厥：其，此处指月亮。利（lí）：通为“黧”，黑色，指月中黑影。

[33] 顾菟（tù）：月亮中的兔子的名字，闻一多认为即蟾蜍。菟，即“兔”。古人认为月亮中住着兔子。

[34] 女岐：或作“女歧”，神话人物，传说中她无夫而生了九个孩子。合：结合。此处指配偶。

[35] 伯强：神话人物，即禺强，风神。《章句》：“大厉疫鬼也，所至伤人。”

[36] 惠气：指祥瑞惠和之气。《章句》：“惠气，和气也。言阴阳调合则惠气行，不和调则厉鬼兴，二者当何所在乎。”

[37] 阖（hé）：关闭。与下文的“开”对应。

[38] 角宿（xiù）：星宿名，二十八宿之一，为东方苍龙七宿的首宿。此处指东方。旦：破晓，天亮的时候。指太阳升起。

[39] 曜（yào）灵：指太阳。

◇译文

问：远古最初的情况，是谁流传下来的呢？

天地还没有形成，要依据什么去考察呢？

夜与昼混沌不明，谁能够洞悉它的情况呢？

世界一片空濛，只是想象中的虚拟之像，要如何才能辨识它呢？

天地间既有白昼又有黑夜，为什么会是这个样子呢？

阴气与阳气参错会合、衍生万物，什么是根本，什么又是演化呢？

传说天有九层，是谁环绕测量的呢？

这样浩大的工程，最初是谁做的呢？

天体运转的轴系在什么地方？天轴的南北两极又架在什么地方呢？

支撑天盖的八根柱子安放在哪里？东南方的地面为什么会凹陷进去？

九层天的边际，安放在哪里？又连接着哪里？

天际的角落和曲折很多，谁又知道它的数量呢？

天地是如何相合的？十二个时辰又是怎样划分的呢？

太阳和月亮是如何悬挂在天上的？群星又是如何陈列在天上的呢？

太阳从旸谷升起，又在蒙汜降落休息。

从白天到黑夜，它行走了多少里路呢？

月亮是积了什么德行，可以从缺到圆呢？

月亮上的黑影是什么？难道是玉兔住在里面吗？

女岐并没有与其结合的配偶，她怎么能够生出九个儿子呢？

风神伯强居住在什么地方？那祥瑞惠和的风又在哪里呢？

为什么天门关闭就是黑夜？为什么天门打开就是白昼？

东方还没有破晓的时候，太阳又藏在什么地方呢？

不任汩鸿[40]，师何以尚之[41]？

佥曰何忧[42]？何不课而行之[43]？

鸱龟曳衔[44]，鲧何听焉[45]？

顺欲成功[46]，帝何刑焉[47]？

永遏在羽山[48]，夫何三年不施[49]？

伯禹愎鲧[50]，夫何以变化？

纂就前绪[51]，遂成考功[52]。

何续初继业，而厥谋不同[53]？

洪泉极深[54]，何以寘之[55]？

地方九则[56]，何以坟之[57]？

河海应龙[58]，何尽何历[59]？

鲧何所营[60]？禹何所成？

康回冯怒[61]，墬何故以东南倾[62]？

九州安错[63]？川谷何洿[64]？

东流不溢[65]，孰知其故？

东西南北，其修孰多[66]？

南北顺椭[67]，其衍几何[68]？

昆仑悬圃[69]，其尻安在[70]？

增城九重[71]，其高几里？

四方之门[72]，其谁从焉[73]？

西北辟启[74]，何气通焉？

日安不到[75]，烛龙何照[76]？

羲和之未扬[77]，若华何光[78]？

何所冬暖[79]？何所夏寒？

焉有石林？何兽能言[80]？

焉有虬龙，负熊以游[81]？

雄虺九首[82]，倏忽焉在[83]？

何所不死[84]？长人何守[85]？

靡萍九衢[86]，枲华安居[87]？

一蛇吞象[88]，厥大何如？

黑水玄趾[89]，三危安在[90]？

延年不死，寿何所止？

鲮鱼何所[91]？鬿堆焉处[92]？

羿焉彃日[93]？乌焉解羽[94]？

◇注释

[40] 不任：不能胜任。汩（gǔ）：治理。此处指治理洪水。鸿：通“洪”，洪水。

[41] 师：指众人。一说四岳。尚：上。此处指推举。

[42] 佥（qiān）：全，都。

[43] 课：考试。行：任用。

[44] 鸱（chī）龟曳衔：传说鲧治水时，有鸱与龟来帮他治水。鸱，猫头鹰一类的鸟。曳，牵引。衔，连接。

[45] 听：通“圣”，圣德。

[46] 顺欲：合乎众人的期愿。

[47] 帝：指舜。刑：罚罪，惩罚。此处指鲧被舜放逐羽山之野。

[48] 永遏：长久拘禁。羽山：神山名，在东海海滨，传说中鲧被放逐的地方，鲧最终葬身于此。

[49] 三年：多年。施：通“弛”，释放，解除。

[50] 伯禹：即禹，禹任司空一职，故称伯禹。愎（bì）鲧：从鲧腹中生出来。传说鲧死三年，尸体不腐，鲧腹三年后自动裂开，禹乃降生。

[51] 纂：同“缵”，继承。就：担任，开始从事。绪：前人遗留下来的未完成的事业。

[52] 考：对死去父亲的尊称。此处指鲧。

[53] 谋：策略。此处指治水的方法。

[54] 洪泉：洪水的源泉。泉，渊。

[55] 何以：即“以何”，用什么。窴（tián）：通“填”，塞。之：此处指洪泉。

[56] 方：比。九则：九州。一说九等，以土地的美恶九等定则。则，标准。

[57] 坟：通“分”，划分。

[58] 应龙：神话传说中有翅膀能飞的龙。传说大禹治水时，有应龙前来相助，以龙尾画地，禹就依此挖通江河，导水入海。

[59] 尽：疑为“画”。

[60] 营：迷惑，惑乱。

[61] 康回：神话人物，即共工，水神。冯怒：盛怒，大怒。冯，通“凭”，满。《淮南子·天文训》：“昔者共工与颛顼争为帝，怒而触不周之山，天柱折，地维绝，天倾西北，故日月星辰移焉；地不满东南，故水潦尘埃归焉。”

[62] 墬（dì）：同“地”，大地。

[63] 九州：传说中，大禹治水时将天下划分为九州。错：通“措”，安放，设置。

[64] 洿（wū）：低下，低洼。一说挖掘。

[65] 溢：满，溢出。

[66] 修：长。孰多：哪一个更长。

[67] 顺：沿着同一方向。椭：椭圆形，狭长。

[68] 衍：余；引申为相差。几何：多少。

[69] 悬圃：神话中的地名，是神仙所居之地，在昆仑山顶和天相通的地方。

[70] 尻（kāo）：即“尻”，引申为山之尾处。

[71] 增城：即层城，神话中的地名，在昆仑山上。

[72] 四方之门：即昆仑山的门。《补注》：“《淮南》言昆仑虚旁，有

四百四十门，……此云四方之门。”

[73] 从：出入。

[74] 西北：指西北方的门。辟启：开启，打开。

[75] 日安不到：哪里有太阳照射不到的地方。

[76] 烛龙：传说中的神龙，能照亮太阳照射不到的地方。《山海经·大荒北经》：“西北海之外，赤水之北，有章尾山。有神，人面蛇身而赤，直眐乘其瞑乃晦，其视乃明。不食不寝不息，风雨是谒。是烛九阴，是谓烛龙。”

[77] 扬：指扬鞭启程。

[78] 若华：若木的花。传说中，若木生长在太阳落下的地方，每当太阳落在若木之下，若木的花就发出光芒。

[79] 所：处，地方。

[80] 何兽能言：什么神兽能说话？此处指能说话的神兽。一说为昆仑山上守门的“开明兽”。

[81] 负：背着。

[82] 雄虺（huǐ）：大毒蛇。雄，大。

[83] 倏（shū）忽：突然，形容速度极快。王逸《章句》：“虺，蛇别名也。倏忽，电光也。言有雄虺，一身九头，速及电光，皆何所在乎？”

[84] 不死：长生不死。《山海经·海外南经》：“不死民在其东，其为人黑色，寿，不死。”

[85] 长人：巨人，指防风氏。传说中他身长三丈，守卫封、嵎二山，禹会群神于会稽山，防风氏后到，被禹杀死，骨节装满一车。

[86] 靡蓱（píng）：蔓延的水草。蓱，通“萍”，水草。衢：通“欋”，树根盘错，此处指水草根叶纠缠。

[87] 枲（xǐ）：即枲麻。华：即“花”。

[88] 一蛇吞象：传说中的“巴舍食象”。《山海经·海内南经》：“巴蛇食象，三岁而出其骨。君子服之，无心腹之疾。其为蛇青黄赤黑，一曰黑蛇青首，在犀牛西。”一：一作“灵”。

[89] 黑水：神话中的水名。玄趾：神话中的地名。

[90] 三危：神山名。《山带阁注》：“三危山，三青鸟居之，为西王母取食。”

[91] 鲮（líng）鱼：神话传说中的怪鱼。《山海经·海内北经》：“陵鱼人面，手足，鱼身，在海中。”

[92] 鬿（qí）堆：神话传说中的怪鸟。《山海经·东山经》：“北号之山，有鸟焉，其状如鸡而白首，鼠足而虎爪，其名曰鬿雀，亦食人。”堆，通“雀”。

[93] 弹（bì）：射。

[94] 乌：即金乌，传说中太阳里面有一只黑色的三足乌鸦，居于太阳的中心，其周围闪耀着“红光”，故称“金乌”“赤乌”。解羽：羽毛脱落。此处指太阳被后羿射落，里面三足乌的羽毛散落下来。

◇译文

鲧不能胜任治理洪水的重任，众人为什么要推举他呢？

全都说这有什么好担忧的，为什么不先试试再任用他呢？

鸱与龟都来帮他治水，鲧有什么圣德？

他想合乎众人的期愿治好水患，尧帝为什么又要惩罚他呢？

鲧被长久地拘禁在羽山，为什么过了那么多年也不释放呢？

大禹从鲧的肚子里生出来，为什么会有这种变化？

大禹继承了鲧治水的事业，最终成就了他父亲未完成的功业。

为什么禹继承了鲧最初的事业，而他们治水的方法却不相同？

洪水那么深，用什么能够填塞呢？

大禹将大地分为九个等级，是以什么为划分标准的呢？

应龙是在哪里用尾巴画地的？河海又经过了哪些地方呢？

鲧被什么迷惑而治水失败？大禹又为什么能够成功呢？

共工大怒而撞不周山，大地为什么就向东南倾斜？

大禹是如何将天下划分为九州的？河谷又是如何挖掘得这样深？

水都向东流，东方却没有溢出来，谁知道是什么原因呢？

东南西北四个方向，哪一边更长一点呢？

南北狭长，它比东西要长多少呢？

昆仑山和悬圃，它们的边际在什么地方呢？

层城有九重，它到底有多高呢？

昆仑山上四面八方都有门，是谁从那里经过呢？

西北方的门打开了，是什么风从那里吹过呢？

哪里有太阳照耀不到的地方？烛龙又照亮了什么地方？

太阳还没有升起来，若木的花如何能够发出光芒？

什么地方冬天温暖？什么地方夏天寒冷？

哪里有石林？什么神兽能够说话？

哪里有虬龙，背着大熊游来游去？

有九个脑袋的大毒蛇，行动迅速，它在什么地方呢？

什么地方的人能长生不死？那些长命的人又如何保持操守呢？

蔓延的水草根叶纠缠，枲麻的花生长在什么地方？

一条蛇能吞下大象，它该有多大啊？

黑水玄趾三危山都在什么地方呢？

延长寿命以求不死，寿命到什么时候才会结束？

传说中的鲮鱼在什么地方？鬿雀又在哪里呢？

后羿为什么要射日？太阳中的金乌为什么会死？

禹之力献功[95]，降省下土四方[96]，

焉得彼嵞山女[97]，而通之於台桑[98]？

闵妃匹合[99]，厥身是继[100]，

胡维嗜不同味[101]，而快鼌饱[102]？

启代益作后[103]，卒然离蠥[104]，

何启惟忧[105]，而能拘是达[106]？

皆归䠶鞫[107]，而无害厥躬[108]。

何后益作革[109]，而禹播降[110]？

启棘宾商[111]，《九辩》《九歌》。

何勤子屠母[112]，而死分竟地[113]？

帝降夷羿[114]，革孽夏民[115]。

胡䠶夫河伯，而妻彼雒嫔[116]？

冯珧利决[117]，封狶是䠶[118]。

何献蒸肉之膏[119]，而后帝不若[120]？

浞娶纯狐[121]，眩妻爰谋[122]。

何羿之䠶革[123]，而交吞揆之[124]？

阻穷西征，岩何越焉？

化为黄熊，巫何活焉[125]？

咸播秬黍[126]，莆雚是营[127]。

何由并投[128]，而鲧疾修盈[129]？

白蜺婴茀[130]，胡为此堂[131]？

安得夫良药，不能固臧[132]？

天式从横[133]，阳离爰死[134]。

大鸟何鸣[135]，夫焉丧厥体？

蓱号起雨[136]，何以兴之？

撰体协胁[137]，鹿何膺之[138]？

鳌戴山抃[139]，何以安之？

释舟陵行[140]，何以迁之[141]？

惟浇在户[142]，何求于嫂[143]？

何少康逐犬[144]，而颠陨厥首[145]？

女歧缝裳[146]，而馆同爰止[147]，

何颠易厥首[148]，而亲以逢殆[149]？

◇注释

[95] 力：精力。献：投入。功：指治水工程。

[96] 降：下。省：察。下土：指天下。

[97] 嵞（tú）：即“涂”，涂山，古国名。传说大禹治水期间，娶涂山氏之女为妻，生启。

[98] 通：连接，相往来。此处指相爱。台桑：古地名。

[99] 闵妃匹合：即婚配。

[100] 厥：其，此处指禹。继：继嗣，延续。

[101] 胡维：疑问词，为什么。维，语助词，一作“为”。嗜：嗜好，爱好。

[102] 快：以……快。鼂（zhāo）饱：此处比喻一时的淫乐。鼂，即“朝”，早晨。

[103] 启：指禹的儿子，即夏启。益：指禹的贤臣伯益，传说其辅佐禹治水有功，禹曾有意选定他继承帝位。后：君主。

[104] 卒：通“猝”，突然。离：通“罹”，遭受（灾祸）。蠥（niè）：通“孽”，指灾祸。

[105] 惟（lí）：通“罹”，遭受。忧：忧患。

[106] 拘：拘禁。达：通。此处指逃脱。传说夏启取代伯益之后，双方争斗非常激烈，伯益曾经拘禁了夏启，后夏启得以逃脱，复攻打伯益而取得天下。

[107] 皆：都，全。此处指益一党人。归：归顺，归附。䠶鞫（jū）：此处指益与启两军交战。䠶，射箭。鞫，穷尽。

[108] 厥躬：指夏启。躬，本身。

[109] 后益：即伯益。因伯益做过君主，故称“后益”。作：通“祚”，指帝位，即统治权。革：变革。

[110] 播（fán）降（lóng）：指兴旺、繁荣。播，通“蕃”。降，通“隆”，兴盛。

[111] 棘（jí）：急。宾商：做天帝的客人。商：郭沫若认为“商”是“帝”的误字。

[112] 勤子：指大禹。屠：裂剥。指禹的母亲修剥裂了背生出禹。

[113] 死：通“尸”。竟：通“境”，边境。指夏启的儿子太康游乐放纵，致五观作乱。

[114] 帝：天帝。降：降临，指派遣。夷羿：夏代有穷国的君主，因有穷国属于东夷族，故称“夷羿”。传说其擅长射箭，驱逐夏太康后夺取帝位，自立为君，后被寒浞杀死。

[115] 革孽：除去灾祸。

[116] 雒（luò）嫔（pín）：洛水的美女，即宓妃。雒，同“洛”。嫔，古代

妇女的美称。

[117] 冯（píng）：通“凭”，持，拉开。珧（yáo）：以蚌蛤的介壳为饰的弓。利决：善于射箭。决，通“玦”，套在右手大拇指上用象骨做成的扳指圈，用以勾弦。

[118] 封：大。狶（xī）：野猪。

[119] 蒸肉：祭祀用的肉。蒸，通“烝”，冬祭。膏：脂，指肥美的肉。

[120] 后帝：即天帝。不若：不顺心。

[121] 浞（zhuó）：即寒浞。纯狐：羿的妻子。

[122] 眩：迷惑。妻：指羿的妻子。爰（yuán）谋：与之谋划。爰，于是。王逸《章句》：“言浞娶于纯狐氏女，眩惑爱之，遂与浞谋杀羿也。”

[123] 鉃革：射穿兽皮。传说中，羿力大善射，能射穿七层兽皮。

[124] 交：合力。吞：消灭。揆（kuí）：测度。

[125] 活：复生。王逸《章句》：“言鲧死后化为黄熊，入于羽渊，岂巫医所能复生活也？”

[126] 秬（jù）黍：黑色的黍。

[127] 莆（pú）雚（huán）：野草。莆，即“蒲”，水草。雚，通“萑”，一种形状像芦苇的草。营：同“耘”，除草。

[128] 由：缘由。并投：一并放逐。传说鲧作为“四罪”之一，与共工、驩兜、三苗一起被放逐。投，放逐。

[129] 疾：罪行。修盈：此处指鲧罪行极多。

[130] 白蜺（ní）婴茀（fú）：以白色的副虹为首饰。蜺，同“霓”。婴，戴，系。茀，通“髴”，古代妇女的首饰。

[131] 堂：即堂堂，形容仪容庄严大方。

[132] 固臧（cáng）：好好保藏。臧，同“藏”。

[133] 天式：自然规律。从横：即纵横，杂乱交错的样子。此处指阴阳交错变化。

[134] 阳离爰死：阳气散尽而死。阳，阳气。

[135] 大鸟：指日中金乌。

[136] 蓱：神话人物，即蓱翳，传说中的雨师。

[137] 撰：通"纂"，汇集，汇合。协胁：胁骨骈生。协，合。

[138] 鹿：能起风的神鹿。此处指风神飞廉。传说中，飞廉鹿身，头如雀，有角而蛇尾，文如豹文。膺：受。一说通"应"。

[139] 鳌：传说中海里的大龟。抃（biàn）：拍手。王逸《章句》："《列仙传》曰：'有巨灵之鳌，背负蓬莱之山而抃舞，戏苍海之中。独何以安之乎？'"

[140] 释：放下，舍弃。陵行：在陆上行走。陵，大土山，指陆地。

[141] 迁：徙居，迁移。指把巨龟钓走。《列子·汤问》载："龙伯之国有大人，举足不盈数步而暨五山之所，一钓而连六鳌，合负而趣归其国，灼其骨以数焉。"

[142] 浇（ào）：寒浞的儿子。

[143] 嫂：浇的嫂子女歧。王逸《章句》："言浇无义，淫佚其嫂，往至其户，佯有所求，因与行淫乱也。"

[144] 少康：夏朝中兴的君主，夏相的儿子。逐犬：打猎。王逸《章句》："夏少康因田猎放犬逐兽，遂袭杀浇而断其头。"

[145] 颠陨：坠落，衰败。颠，倒。陨，坠。厥：其，指浇。

[146] 女歧：即女艾，浇的嫂子。

[147] 馆同：同房。馆，舍，屋舍。止：息，留宿。王逸《章句》："女歧与浇淫佚，为之缝裳，于是共舍而宿止也。"

[148] 颠：使坠落，指砍掉。易：换，指砍错了。王逸《章句》："少康夜袭，得女歧头，以为浇，因断之，故言易首。"

[149] 逢殆：遭遇危险。逢，遇。殆，危险。

◇译文

大禹全身心地投入治水的工程中去，巡查天下四方。

是怎么遇到涂山氏之女的？又如何在台桑和她私会呢？

大禹与涂山氏之女婚配，他就有了后代。

为什么他们爱好不同，却能很快被彼此吸引，以求一时之欢？

夏启取代伯益成为君主后，突然就遭遇灾祸。

为什么夏启遭遇忧患，被拘禁了却能逃脱？

两个部落交战，箭如雨下，却无法伤到夏启丝毫。

为什么伯益的统治权被夺去后，大禹的后代却能繁荣昌盛？

夏启急切地向天帝祭祀，并得到了《九辩》《九歌》。

为什么这样勤勉的儿子会害死自己的母亲，使她的尸骨散落各地？

天帝派遣夷羿，让他为夏民除害。

他为什么要射瞎河伯，又娶了河伯的妻子宓妃？

拉开漂亮的弓箭，射杀大野猪。

为什么他献上肥美的祭肉，天帝却不顺心？

寒浞娶了夷羿的妻子纯狐，擅长迷惑人的纯狐又与他合谋。

为什么夷羿擅长射箭，却被他们合谋杀害了？

鲧化为黄熊向西出发，他是如何跨越那高峻的山岩的呢？

鲧的身体已经化为黄熊，神巫又是如何将他救活的呢？

全部都播种上秬黍，辛勤地除去杂草。

为什么他与共工等人一起被放逐，而鲧的罪行就这么多呢？

以白色的副虹为首饰，她为何要打扮得这样美丽？

她是从哪里得到了不死药，为什么没有好好保藏？

天地间阴阳交错变化，阳气离开身体人就会死亡。

太阳中的金乌为什么鸣叫，它又是如何丧失了躯体？

雨师蓱翳发出号令下雨，雨水是如何兴起的呢？

风神飞廉具有骈生的胁骨，他又是如何能够响应的呢？

海里的大龟背负着蓬莱山划动，它又是怎么保持稳定的呢？

舍弃小船在陆地上行走，是如何把巨龟钓走的呢？

寒浞的儿子浇在家，为什么还要求助于他的嫂子女歧呢？

少康放猎犬打猎，为什么能将浇的头颅砍下？

女歧为浇缝制衣裳，并同他在同一间屋舍休息。

为什么少康错砍下了女歧的头颅，亲近之人反而遭遇危险？

汤谋易旅[150]，何以厚之[151]？

覆舟斟寻[152]，何道取之[153]？

桀伐蒙山[154]，何所得焉？

妹嬉何肆[155]，汤何殛焉[156]？

舜闵在家[157]，父何以鳏[158]？

尧不姚告[159]，二女何亲[160]？

厥萌在初[161]，何所亿焉[162]？

璜台十成[163]，谁所极焉[164]？

登立为帝[165]，孰道尚之[166]？

女娲有体[167]，孰制匠之[168]？

舜服厥弟[169]，终然为害[170]。

何肆犬体[171]，而厥身不危败？

吴获迄古[172]，南岳是止[173]。

孰期去斯[174]，得两男子[175]？

缘鹄饰玉[176]，后帝是飨[177]。

何承谋夏桀[178]，终以灭丧？

帝乃降观[179]，下逢伊挚[180]。

何条放致罚[181]，而黎服大说[182]？

简狄在台[183]，喾何宜[184]？

玄鸟致贻[185]，女何喜[186]？

该秉季德[187]，厥父是臧[188]。

胡终弊于有扈[189]，牧夫牛羊[190]？

干协时舞[191]，何以怀之[192]？

平胁曼肤[193]，何以肥之[194]？

有扈牧竖[195]，云何而逢[196]？

击床先出[197]，其命何从[198]？

恒秉季德[199]，焉得夫朴牛[200]？

何往营班禄[201]，不但还来[202]？

昏微遵迹[203]，有狄不宁[204]。

何繁鸟萃棘[205]，负子肆情[206]？

眩弟并淫[207]，危害厥兄[208]。

何变化以作诈[209]，后嗣而逢长[210]？

成汤东巡[211]，有莘爰极[212]。

何乞彼小臣[213]，而吉妃是得[214]？

水滨之木[215]，得彼小子[216]。

夫何恶之，媵有莘之妇[217]？

汤出重泉[218]，夫何罪尤[219]？

不胜心伐帝[220]，夫谁使挑之？

◇注释

[150] 汤："浇"的误字。谋：谋划。易旅：治军。闻一多《天问疏证》说："滑易之革必不能厚，今浇之作甲，既能滑易，又不失其坚固，巧之至矣，故怪而问之。上文述浇灭羿事，谓以羿之善射，何独不能穿浇之甲，而反见害于浇乎？"

[151] 厚之：指壮大军队。

[152] 覆舟：翻船。斟寻：古国名，夏的同姓诸侯国。《竹书纪年》载，帝相二十七年，"浇伐斟寻，大战于潍，覆其舟，灭之"。

[153] 道：方法。取：取胜。

[154] 桀：即夏桀。夏朝最后一位君主，历史上有名的暴君，被商族部落首领汤所灭。蒙山：古国名。有施氏部落世代居住在蒙山。王逸《章句》："夏桀征伐蒙山之国，而得妺嬉也。"

[155] 妺（mò）嬉（xǐ）：即末喜，有施氏之女，夏桀的元妃，深受夏桀宠爱。后因受到夏桀的冷落，而与商汤的谋臣伊尹结交，灭了夏桀。闻一多说："桀伐蒙山得妺嬉，妺嬉终与伊尹交而亡夏，是蒙山之役，得不偿失，故曰'何所得焉'。"肆：放纵。

[156] 殛（jí）：放逐，流放。指商汤亡夏后，将夏桀流放至南巢。

[157] 闵：即"婚"。家：成家。

[158] 父：指舜的父亲瞽叟。鳏（guān）：同"鳏"，指老而无妻。

[159] 不姚告：即"不告姚"，不告知舜的父亲。姚，舜的姓，此处指舜的父亲。

[160] 二女：指尧的两个女儿娥皇、女英，尧将二人都嫁给舜为妻，后又指定舜为自己的继承人。亲：姻亲。《孟子·万章上》："万章曰：'帝之妻舜而不告何也？'曰：'帝亦知告焉而不得妻也。'"闻一多说："尧不告而归女于姚，是舜虽有妻，而舜之父母家人不知有此妇，故曰'二女何亲'。"

[161] 厥萌在初：指舜当初为民的时候。厥，其，指舜。萌，即民。

[162] 亿：通"臆"，猜测，推测。

[163] 璜（huáng）台：用玉砌的台。此处指舜登帝位的台玉。十成：十层，形容玉台高耸。成，同"层"。

[164] 谁：何。极：至。此处指看透。

[165] 登立：登上帝位。立，通"位"。

[166] 道：通"导"，导引。尚：推崇，尊重。王逸《章句》："言伏羲始画八卦，修行道德，万民登以为帝，谁开导而尊尚之也？"

[167] 女娲（wā）：神话传说中的创世女神，开造万物，被称为"大地之母"。王逸《章句》："传言女娲人头蛇身，一日七十化。"

[168] 匠：创造。

[169] 服：顺从，服从。弟：指舜同父异母的弟弟象。

[170] 终然为害：指象本性傲狠，对舜不满，经常与母亲和父亲瞽叟串通一气，想要杀掉舜。

[171] 肆：放肆。犬体：即象。此处指舜的弟弟象屡次想要害舜，他的心像恶狗一样坏。

[172] 吴：古国名，位于南方的诸侯国。迄古：终古，指长久。

[173] 南岳是止：即"止于南岳"。南岳，南方的山，代指南方的山水土地。止，居留，此处指建立国家。

[174] 去：离开。一作"夫"。斯：这个，指南岳。

[175] 两男子：指太伯和仲雍。

[176] 鹄（hú）：大天鹅，此处指鹄羹。饰玉：装饰美玉的鼎。

[177] 后帝：指商汤。飨（xiǎng）：宴请，以酒食犒劳。

[178] 承谋夏桀：指伊尹奉命谋划伐灭夏桀。王逸《章句》："伊尹始仕，因缘烹鹄之羹，修玉鼎，以事于汤。汤贤之，遂以为相。"洪兴祖《楚辞补注》："伊尹承事汤以谋夏桀。"

[179] 帝：帝汤。降观：视察民情。

[180] 伊挚：即伊尹。

[181] 条放：商汤于鸣条打败了夏桀，因而流放夏桀，故称为"条放"。条，即鸣条，商汤打败夏桀的地方。致罚：给予（夏桀）以惩罚。

[182] 黎服：黎民。服，"民"的误字。说：通"悦"。

[183] 简狄：传说中有戎国的美女，是帝喾的次妃，商朝始祖契的母亲。台：即瑶台。传说简狄和她妹妹建疵住在九层高的瑶台之上。

[184] 喾（kù）：即帝喾。古代传说中的五帝之一，受封于辛，号高辛氏，是商周两朝的先祖。宜：通"仪"，适合婚配。

[185] 玄鸟：燕子。致贻：送给礼物。贻，礼物。或作"诒"，赠送。

[186] 女：指简狄。喜：指怀孕生子。一作"嘉"。《史记·殷本纪》："三人行浴，见玄鸟堕其卵，简狄取吞之，因孕生契。"

[187] 该：即王亥，华商始祖，契的六世孙。秉：继承。季：即冥，夏朝时商部落的首领，王亥之父。

[188] 臧：善。

[189] 弊：通"毙"，死。一说通"庇"，寄居。有扈（hù）：古国名，即有易。扈，"易"的误字。

[190] 牧夫牛羊：指王亥寄居在有易，为有易氏放牧牛羊。《山海经·大荒东

经》："有因民国，勾姓而食，有人曰王亥，两手操鸟，方食其头。王亥托于有易、河伯仆牛。有易杀王亥，取仆牛。"

[191] 干：盾牌。协：合。时：是，此。舞：指以干戚为道具的武舞，是古人表示英武雄壮的一种舞蹈。

[192] 怀：思念。

[193] 平胁曼肤：体态丰盈的样子。形容有易女之美貌。平，指身体丰满，不见肋骨。曼肤，指细嫩的肌肤。

[194] 肥：肥美。古人以丰满为美。

[195] 牧竖：指王亥。

[196] 逢：遇。此处指王亥与有易女相遇。

[197] 击床：指有易人在床上袭杀亥。先出：指有易女先出去。

[198] 其命何从：即命归何处。

[199] 恒：即王恒，王亥之弟。王亥被有易人杀害后，王恒灭有易而登上王位。

[200] 朴牛：即服牛，可以驾车的牛。朴，通"服"。

[201] 营：谋求。班禄：指爵禄。

[202] 但：通"旦"。还来：归来。指王恒谋求君主的爵禄，未明而归来。

[203] 昏微：指上甲微。王亥之子，盖以"昏时"生，故称"昏微"。遵迹：指上甲微遵循父亲的美德。

[204] 有狄：即有易。

[205] 繁鸟萃棘：隐喻男女淫乱之事。繁鸟，群鸟。萃，聚集。棘，灌木名，即酸枣树。

[206] 负子：即妇、子。负，同"妇"，指有易女。子，指王恒。肆情：指放纵情欲。闻一多说："适当深夜，有狄女不宁息室中，而潜行微径，以与恒相会。"

[207] 眩弟：指亥与其弟恒。眩，"胲（hǎi）"的误字，胲即王亥。

[208] 危害厥兄：指王亥与弟恒一样荒淫，与有易之女相会，致亥被杀身死，故曰“危害厥兄”。

[209] 变化以作诈：指有易女初与亥淫，而又与亥弟恒淫，恐二人合谋加害于亥。作诈，行为奸诈。

[210] 后嗣：指王恒的子孙后代。逢长：兴旺而久长，指恒的子孙众多。逢，通“丰”。

[211] 成汤：即商汤，殷商的第一代君王，在伊尹、仲虺等人的辅助下灭夏桀。

[212] 有莘（shēn）爰极：一直到达有莘国。有莘，古国名。爰极，乃至。

[213] 乞：讨，索要。小臣：指伊尹。伊尹原为有莘国的奴隶。

[214] 吉妃：美好的配偶，指有莘之女。《吕氏春秋·本味》篇记载，汤向有莘国要伊尹，有莘国不给，汤于是请求有莘国君主把女儿嫁给他，有莘国君主很高兴，就把伊尹作为陪嫁的奴隶一道送来。

[215] 水滨之木：指空心桑树。《吕氏春秋》载，伊尹的母亲住在伊水边上，伊水泛滥，全邑淹没，她变成一棵空心桑树，生下伊尹，有莘国有女子采桑，在空桑中得到伊尹，献给有莘国君主，长大后做了有莘国君主的小臣。

[216] 小子：小孩，指婴儿时期的伊尹。

[217] 媵（yìng）：古代随嫁赠送的人或物。

[218] 出：释放。重泉：古地名。夏桀囚禁汤的地方，类似水牢。

[219] 罪尤：罪过。尤，错误，罪过。

[220] 不胜心：无法克服心欲，情不自禁。胜，制服，战胜。帝：指夏桀。

◇译文

少康整顿军旅，是用什么方法壮大军队的呢？

浇曾经消灭了斟寻国，少康是用什么方法取胜的呢？

夏桀讨伐蒙山国，他得到了什么呢？

妹嬉有什么放纵之举，商汤为什么要放逐她呢？

舜在家中有妻室，为什么却称他为鳏夫？

尧不告诉舜的父亲，他的两个女儿又如何与舜成亲呢？

舜当初为民的时候，怎么会料想到今天的事呢？

用玉石砌成的高台有十层，谁能够到看透这件事呢？

舜登上了帝位，是谁引导他登台的呢？

女娲开造万物，又是谁创造了她呢？

舜总是顺从他的弟弟象，却终究酿成灾祸。

为什么象这么放肆，心像恶狗一样坏，却没有败亡呢？

吴国获得了长久，在南方立国。

谁能够想到这种情况，难道是因为得到了太伯和仲庸？

伊尹用装饰美玉的鼎烹制鹄羹进献给商汤，因而得到了赏识。

伊尹为什么奉命谋划伐灭夏桀，使夏桀灭亡？

商汤视察民情，遇到了伊尹。

商汤于于鸣条打败了夏桀，并将其放逐，为什么百姓却非常喜悦？

简狄住在高台上，帝喾为什么适合婚配？

燕子送来了帝喾的聘礼，简狄为什么就怀孕生子了？

王亥继承了他父亲季的美德，并习得了他父亲的善良。

为什么最终会困居在有易国，为人放牧牛羊？

拿着盾牌合着拍子起舞，为什么会让有易女思念他呢？

有易女体态丰盈，肌肤细腻，是什么让她这般美丽呢？

王亥不过是有易国的牧人，为什么会与这么美丽的有易女相遇呢？

有易人在床上袭杀王亥，有易女先出门来，他的命又将归往何处呢？

王恒也继承了他父亲季的美德，怎么会得到驾车的牛呢？

他为什么去有易国谋求爵禄，目的还没达成就回来了？

甲微遵循父亲的美德，有易国从此不得安宁。

为什么他晚年淫乱无度，与有易女放纵情欲。

王亥与弟恒一样荒淫，最终致使王亥被杀害。

为什么王恒行为奸诈，却能子孙兴旺长久？

商汤到东方巡视，一直到达有莘国。

他为什么想要作为奴隶的伊尹，还得到了有莘国君主的女儿？

在伊水边的空心桑树中，伊尹诞生了。

有莘氏为什么厌恶他，让她做了有莘女的媵臣？

商汤被囚禁在重泉，后来才被释放，他有什么罪过？

商汤无法克服心中的胜欲，讨伐夏桀，这又是谁挑唆的？

会鼂争盟[221]，何践吾期[222]？

苍鸟群飞[223]，孰使萃之？

到击纣躬[224]，叔旦不嘉[225]。

何亲揆发足[226]，周之命以咨嗟[227]？

授殷天下，其位安施？

反成乃亡[228]，其罪伊何[229]？

争遣伐器[230]，何以行之？

并驱击翼[231]，何以将之[232]？

昭后成游[233]，南土爰底[234]。

厥利惟何[235]，逢彼白雉[236]？

穆王巧梅[237]？夫何为周流[248]？

环理天下[239]，夫何索求？

妖夫曳衒[240]，何号于市[241]？

周幽谁诛[242]？焉得夫褒姒[243]？

天命反侧，何罚何佑？

齐桓九会[244]，卒然身杀[245]。

彼王纣之躬，孰使乱惑？

何恶辅弼[246]，谗谄是服[247]？

比干何逆[248]，而抑沉之[249]？

雷开阿顺[250]，而赐封之？

何圣人之一德[251]，卒其异方[252]？

梅伯受醢[253]，箕子详狂[254]。

稷维元子[255]，帝何竺之[256]？

投之於冰上，鸟何燠之[257]？

何冯弓挟矢[258]，殊能将之？

既惊帝切激[259]，何逢长之？

伯昌号衰[260]，秉鞭作牧[261]。

何令彻彼岐社[262]，命有殷国[263]？

迁藏就岐[264]，何能依[265]？

殷有惑妇[266]，何所讥[267]？

受赐兹醢[268]，西伯上告。

何亲就上帝罚，殷之命以不救？

师望在肆[269]，昌何识[270]？

鼓刀扬声[271]，后何喜[272]？

武发杀殷[273]，何所悒[274]？

载尸集战[275]，何所急？

伯林雉经[276]，维其何故？

何感天抑墬[277]，夫谁畏惧？

皇天集命[278]，惟何戒之？

受礼天下，又使至代之[279]？

初汤臣挚[280]，后兹承辅。

何卒官汤[281]，尊食宗绪[282]？

◇注释

[221] 会：集会。鼌：通“朝”，日子，指甲子日。

[222] 践：履行；实践。吾：指周武王。期：约定的时间。指周武王起兵伐纣时，“八百诸侯会孟津”。

[223] 苍鸟：鹰。指武王伐纣时率领的各路诸侯。

[224] 到击：斩杀。到，一作“列”，分解。纣躬：纣王的尸体。躬，身体。《史记·周本纪》载：“至纣死所，武王自射之，三发，而后下车，以轻剑击之，以黄钺斩纣头，悬大白之旗。”

[225] 叔旦：即周公，姓姬，名旦，周武王的弟弟。不嘉：不赞许。指周公对武王分解纣王尸体的行为不赞许。

[226] 亲：亲自。此处指周公。揆（kuí）：筹度，谋划。发：即周武王。姓姬，名发，周文王姬昌之子，西周王朝开国君主。

[227] 命：命令。此处指周武王颁布的伐纣灭殷的号令。咨嗟：叹息，赞叹。

[228] 反：“及”的误字，待，等到。乃：反而，却。

[229] 伊何：为何，为什么。

[230] 伐器：攻伐作战武器。此处指军队。

[231] 并驱：并驾齐驱。翼：指两侧的军队。

[232] 将：指挥。

[233] 昭后：即周昭王。成游：指盛大的出游。此处指周昭王大规模地伐楚。成，通“盛”。

[234] 南土：南方。此处指楚国。底：止。《史记·周本纪》正义引《帝王世纪》云：“昭王德衰，南征，济于汉，船人恶之，以胶船进王，王御船至中流，胶液船解，王及祭公俱没于水中而崩。”

[235] 厥：其，指周昭王。利：贪求。

[236] 逢：迎。雉：野鸡。《竹书纪年》云：“昭王之季，荆人卑词致王曰：‘愿献白雉。’昭王信之而南巡，遂遇害。”

[237] 穆王：即周穆王，周昭王之子，西周第五代君主。巧梅：善于驾车。梅，通“枚”，即策，马鞭。

[238] 周流：即周游。此处指周穆王征伐天下。

[239] 环理：指周游。理，通“履”，行。

[240] 妖夫：妖人。曳衒（xuàn）：当街叫卖。曳，牵引。衒，卖。

[241] 号：吆喝，叫卖。

[242] 周幽：即周幽王，西周最后一位君主。

[243] 褒姒（sì）：周幽王的王后。

[244] 齐桓：即齐桓公，春秋五霸之一。九会：此处指齐桓公九次召集诸侯会盟。会，一作“合”。《史记·齐太公世家》记载，齐桓公曾“兵车之会三，乘车之会六，九合诸侯，一匡天下”。

[245] 卒然：最终。身杀：身死。此处指齐桓公晚年任用竖刁、易牙等奸臣，造成子孙相杀，最后被困死宫中，陈尸三月，虫流出户。

[246] 辅弼：辅佐的大臣。此处指辅佐纣王的忠臣们。

[247] 谗谄：指搬弄是非的奸佞小人。谗，说他人坏话的人。谄，逢迎谄媚的人。服：任用。

[248] 比干：纣王的叔父，因谏言纣王为善去恶而被纣王挖心杀害。逆：违逆。

[249] 抑沉：压制埋没。此处指杀害。

[250] 雷开：纣王的奸臣。《吕氏春秋》："雷开进谀言，纣赐金玉而封之。"

[251] 圣人：指纣王的贤臣梅伯、箕子。一德：品德相同。

[252] 异方：不同的方法。此处指不同的结局。方，方法。

[253] 梅伯：纣王的忠臣，因屡次直言进谏而触怒纣王，最后被醢杀。醢（hǎi）：剁成肉酱。古代酷刑之一。

[254] 箕子：纣王的叔父。详狂：装疯。详，通"佯"，佯装。《史记·殷本纪》记载纣王杀比干，剖其心后，"箕子惧，乃详狂为奴，纣又囚之"。

[255] 稷：即后稷，帝喾的长子，周的始祖。维：是。元子：嫡妻生的长子，即嫡长子。《史记·周本纪》载，后稷的母亲叫姜嫄，姜嫄是帝喾的元妃。

[256] 帝：指帝喾。竺：通"毒"，憎恶。此处指下文的"投之于冰上"。

[257] 燠（yù）：温暖。《诗经·大雅·生民》："厥初生民，时维姜嫄。生民如何，克禋克祀。以弗无子，履帝武敏歆，攸介攸止。载震载夙，载生载育，时维后稷。诞弥厥月，先生如达。不坼不副，无菑无害。以赫厥灵，上帝不宁。不康禋祀，居然生子。诞置之隘巷，牛羊腓字之。诞置之平林，会伐平林。诞置之寒冰，鸟覆翼之。鸟乃去矣，后稷呱矣。实覃实訏，厥声载路。"

[258] 冯弓：拿着弓。冯，通"秉"，持。将：统率。闻一多说："言天何以秉弓挟矢之殊能资后稷也。传说盖为后稷初生，有殊异之质，能秉弓挟矢，其事神异，

故举而问之。”

[259] 惊帝切激：即《诗经·大雅·生民》所说的“以赫厥灵，上帝不宁”。帝，一说上帝；二说帝喾；三说纣王。切激，深切而激烈。

[260] 伯昌：即周文王，姓姬，名昌。殷时封为雍州伯，又称西伯，故曰伯昌。号：发号施令。衰：衰微。

[261] 秉鞭：挥舞着鞭子。此处指执掌政权。秉，执。鞭，鞭子，此处指权柄。牧：古代对管理地方百姓的长官的称呼。据闻一多考证，周文王在殷时受命作牧，已八十九岁。

[262] 彻：毁弃。岐社：周人祭祀土地神的庙。王逸《章句》：“武王既诛纣，令坏邠岐之社，言已受天命而有殷国，因徙以为天下之太社也。”

[263] 命有：承受天命而享有。命，天命。

[264] 迁藏就岐：此处指周的先祖古公亶父率领族人自邠迁往岐地的事。藏，宝藏，财物。就，往。

[265] 依：依归。《史记·周本纪》记载，周的祖先古公亶父（即太王）居住在邠地，因受戎狄侵扰，就带领少数族人、宝藏迁居于岐地，结果邠地的百姓全部都跟随而来，依附太王。

[266] 惑妇：惑主的妇人。此处指殷纣王的宠妃妲己。

[267] 讥：谏。王逸《章句》：“言妲己惑误于纣，不可复讥谏也。”

[268] 受：即纣王。纣王姓子，名受。兹醢：指纣王杀文王的长子伯邑考，并做成肉羹，赐给文王食用。《帝王世纪》云：“伯邑考（文王的儿子）质于殷，为纣御，纣烹为羹，赐文王。曰：‘圣人当不食其子羹。’文王得而食之。纣曰：‘谁谓西伯圣者！食其子羹，尚不知也。’”

[269] 师望：吕望，即姜太公。肆：街市，店铺。

[270] 昌：即周文王姬昌。识：辨别，赏识。

[271] 鼓刀扬声：操刀剁肉，发出声音。

[272] 后：指周文王。王逸《章句》："吕望鼓刀在列肆，文王亲往问之，吕望对曰：'下屠屠牛，上屠屠国。'文王喜，载与俱归也。"

[273] 武发：即周武王姬发。殷：指殷纣王。

[274] 悒（yì）：忧愤。

[275] 尸：神主牌，灵牌。集战：会战。

[276] 伯林：此处指殷纣王。林，君。雉经：自缢。

[277] 感天抑墬：即"感天动地"。墬，同"地"。

[278] 集命：集（统治天下）之命于一身。

[279] 受礼天下：殷纣王统治天下。受，指殷纣王。礼，通"理"，治理。

[280] 臣：小臣，媵臣。挚：即伊尹。

[281] 官汤：官于汤，指伊尹做汤的相。

[282] 尊食宗绪：指配享宗庙。尊食，指在殷的太庙中受祭祀。宗绪，宗庙。

◇译文

诸侯们汇聚在一起盟誓，如何履行与周武王约定的时间？

各路诸侯纷纷出发，是谁使他们聚集起来的？

武王分解了纣王的尸体，周公并不称许这种行为。

周公亲自为周武王伐纣谋划，他为什么却对周武王颁布的伐纣号令感到叹息？

天帝授予殷商天下，帝位为什么又会转移？

等到殷商成功取得了天下反而又让他们灭亡，他们犯了什么罪过？

诸侯们派出各自的军队，是如何调遣的？

将士们并驾齐驱攻击敌军两翼，又是谁指挥的？

周昭王盛大的出游队伍，一直到达了南方。

他贪图的利益是什么？难道只是为了寻找那白色的野鸡吗？

周穆王善于驾车，他为什么要周游四方？

周游天下，他到底在追求什么？

妖人相互牵引着当街兜售，为什么要大声吆喝叫卖？

周幽王诛灭了谁？他是怎样得到美女褒姒的？

天命反复无常，他会惩罚谁？又会保佑谁？

齐桓公九次召集诸侯会盟，最终遭遇杀身之祸。

那个纣王的性情为人啊，又是谁使他如此惑乱？

为什么厌恶尽心辅佐的忠臣，却任用搬弄是非的奸臣？

比干有什么违逆的行为，要被压制埋没？

雷开只会阿谀奉承，为什么反而获得了封赐？

为什么圣贤之人的品德相同，而他们的结局却不相同？

为什么梅伯屡次进谏却被剁成肉酱，箕子也只能装疯卖傻？

后稷是帝喾的长子，为什么帝喾却讨厌他？

帝喾将他扔在冰面上，为什么会有大鸟来温暖他？

后稷能操弓执箭，是什么特殊的能力指挥他？

既然他激烈地惊动了帝喾，为什么又能子孙昌盛呢？

周文王在乱世中发号施令，执掌政权。

周武王为什么放弃了岐地的宗社，却能承受天命而享有天下？

周的先祖携带宝藏迁往岐地，又是如何让众人依归的呢？

殷商有惑乱君主的妲己，还能进谏什么呢？

纣王杀害周文王的长子做成肉羹赐给文王食用，文王向上天告状。

为什么纣王就得到了上天的惩罚，殷商的命运也难以挽救？

太公吕望在街市中，周文王是如何辨识出他是贤才的呢？

太公操刀割肉，周文王听了为什么会欢喜？

周武王姬发击杀殷纣王，为什么如此忧愤？

他用车载着父亲的灵牌，召集将士伐纣，为什么如此急切？

殷纣王自缢而亡，这是什么原因？

为什么感天动地，难道他还畏惧谁吗？

上天为什么将统治天下之命赐予殷王室，却又让后人去讨伐？

殷纣王统治天下，为什么又让人取代他？

当初商汤起用伊尹为臣子，后来又承担辅佐的重任。

他为什么能做商汤的相，在殷的宗庙中接受祭祀？

勋阖梦生[283]，少离散亡[284]。

何壮武厉[285]，能流厥严[286]？

彭铿斟雉[287]，帝何飨[288]？

受寿永多[289]，夫何久长？

中央共牧[290]，后何怒[291]？

蜂蛾微命[292]，力何固[293]？

惊女采薇[294]，鹿何祐[295]？

北至回水[296]，萃何喜[297]？

兄有噬犬[298]，弟何欲[299]？

易之以百两[300]，卒无禄[301]。

薄暮雷电[302]，归何忧？

厥严不奉[303]，帝何求[304]？

伏匿穴处[305]，爰何云[306]？

荆勋作师[307]，夫何长[308]？

悟过改更[309]，我又何言？

吴光争国[310]，久余是胜[311]。

何环穿自闾社丘陵[312]，爰出子文[313]？

吾告堵敖以不长[314]。

何试上自予[315]，忠名弥彰[316]？

◇注释

[283] 勋：指有功勋的人。阖：即阖庐，春秋时吴国君主。梦：即吴王寿梦，阖庐的祖父。生：通“姓”，孙。

[284] 离：同“罹”，遭受。散亡：流亡。此处指阖庐少年时期流亡在外之事。

[285] 壮：壮大。武厉：即“厉武”，奋发勇武。厉，奋发。

[286] 严：原作“庄”，汉时避明帝讳改。据古代谥法，胜敌志强曰庄，好勇致力曰庄。此处指吴王阖庐任用伍子胥等，壮大吴国的声威，大败楚国的事。

[287] 彭铿（kēng）：即彭祖。王逸注：“彭铿，彭祖也。”洪兴祖《楚辞补注》引《神仙传》：“彭祖姓籛名铿……尧封於彭城。”斟雉：善于调制鸡羹。

[288] 帝：指尧。飨：享用。

[289] 受寿永多：寿命很长。传说彭祖活了八百多岁。

[290] 中央：指周王朝统一天下的政权。共：指共伯和。《史记·周本纪》引《鲁连子》云：“共伯名和，好行仁义，诸侯贤之。周厉王无道，国人作难，王奔于彘，诸侯奉和以行天子事。”牧：指共伯和行天子事。

[291] 后：即周厉王。怒：指降旱为祟。传说周厉王死于彘后，共伯和想自立为王，恰逢大旱，屋子起火，占卜询问后，知是周厉王的鬼魂作祟。

[292] 蜂蛾微命：群居而团结的小生命。此处指反抗周厉王的百姓民众。

[293] 力何固：此处指团结起来反抗周厉王的民众的力量坚固。

[294] 惊女：即“女惊”。惊，通“警”，警戒。采薇：指伯夷、叔齐二人不食周粟，在首阳山采薇草而食的故事。《文选·辨命论》注引《古史考》曰：“伯夷、叔齐……隐于首阳山，采薇而食之。野有妇人谓之曰：‘子义不食周粟，此亦周之草木也。’于是饿死。”

[295] 鹿何祐：此处指伯夷、叔齐二人得到神鹿的庇佑。祐，通“佑”，庇佑，帮助。《琱玉集·感应篇》引《列士传》曰：“伯夷兄弟遂绝食，七日，天遣白鹿乳之。”

[296] 回水：河曲之水。此处指首阳山。

[297] 萃：聚。指伯夷、叔齐先后出逃，兄弟二人在首阳山下相聚。

[298] 兄：指秦景公，春秋时秦国君主。

[299] 弟：指秦景公的弟弟后子针。

[300] 易：交换。之：指噬犬。百两：指车数。两，通“辆”。

[301] 无禄：丧失禄位。禄，爵禄。王逸《章句》：“秦伯有噬犬，弟针欲请之。秦伯不肯与弟针犬，针以百两金易之，又不听，因逐针而夺其爵禄也。”

[302] 薄暮：傍晚。

[303] 厥严：指楚国的威严。不奉：不能保持。

[304] 帝何求：即“何求于帝”，求天帝还有什么作用。

[305] 伏匿：隐藏，躲藏。穴处：居住在山洞里。

[306] 何云：还有什么可说的。

[307] 荆：指楚国。勋：追求功勋。作师：即兴师，调动军队打仗。

[308] 何长：（国家）如何能长久。

[309] 悟过改更：觉悟错误，做出改变。此处指屈原希望楚国君主能够醒悟，不再征伐。

[310] 吴光：即阖闾，名光，又称公子光。争国：指吴国攻伐楚国。

[311] 久余是胜：即“久胜余”，吴国总是战胜我们楚国。余，指楚国。

[312] 何环穿自闾社丘陵：一作“何环闾穿社，以及丘陵？是淫是荡，爰出子文？”环，绕。闾，里巷。《周礼》：“五家为比，五比为闾。闾，侣也。二十五家相群侣也。”此处指乡间。社，古代地方基层行政单位，此处指村社。丘陵，指土山。

[313] 子文：春秋时楚国令尹斗子文，有贤明之名，为楚国的强盛作出杰出贡献。王逸《章句》：“子文，楚令尹。子文之母，郧公之女。旋穿闾社，通于丘陵以淫，而生子文。弃之梦中，有虎乳之，以为神异，乃取收养焉。”

[314] 堵敖：名熊胜，楚文王之子，春秋时期楚国君主。

[315] 试：通“弑”，指臣杀君。上：指堵敖。自予：给自己。此处指堵敖继承君位后，其弟楚成王杀死他，自立为王。

[316] 弥彰：更加显著。

◇译文

功勋卓著的阖闾是吴王寿梦的孙子，年少时流亡在外。

为什么长大后强壮勇武，声威远播？

彭祖烹调的鸡羹，尧帝为什么喜欢享用？

彭祖的寿命很长，为什么能这么长久呢？

共伯和行天子事，周厉王为什么发怒？

周厉王的百姓们身份微贱，为什么团结反抗的力量这样坚固？

伯夷、叔齐采薇而食惊动了妇人而被讥讽，为什么能得到神鹿的庇佑？

他们向北到达了首阳山，二人相聚为什么会那样欢喜？

秦景公有条猛犬，他的弟弟为什么也想拥有？

愿意用百辆车来交换，却最终丧失禄位。

傍晚时雷电交加，回去又有什么担忧的呢？

楚国的威严不能保持，祈求天帝又有什么作用呢？

我居住在山洞里，又能说些什么呢？

楚国不断地兴兵作战，国家如何能够长久呢？

希望君主能够醒悟，不再征伐，我又能再说什么呢？

吴国攻伐楚国，他们总是战胜我们。

斗子文的父母穿过乡间到达土山约会，又怎么会生出贤明的子文呢？

我说堵敖不会长久。

为什么成王杀死兄长自立为王，他的忠名却更加显著呢？

渔父[1]

屈原既放[2]，游于江潭[3]，行吟泽畔[4]，颜色憔悴[5]，形容枯槁[6]。渔父见而问之曰:“子非三闾大夫与[7]？何故至于斯？”屈原曰:“举世皆浊我独清，众人皆醉我独醒，是以见放[8]。”渔父曰：“圣人不凝滞于物，而能与世推移。世人皆浊，何不淈其泥而扬其波[9]？众人皆醉，何不餔其糟而歠其醨[10]？何故深思高举[11]，自令放为[12]？”屈原曰：“吾闻之：新沐者必弹冠[13]，新浴者必振衣[14]。安能以身之察察[15]，受物之汶汶者乎[16]？宁赴湘流，葬于江鱼之腹中。安能以皓皓之白[17]，而蒙世俗之尘埃乎？”渔父莞尔而笑[18]，鼓枻而去[19]。

歌曰：“沧浪之水清兮[20]，可以濯吾缨[21]；沧浪之水浊兮，可以濯吾足。”遂去，不复与言。

◇注释

[1] 渔父（fǔ）：传说中的隐士。父，通“甫”，古时对男子的美称。

[2] 既：已经，引申为“（在）……之后”。

[3] 江潭：楚方言，此处指南楚一带的江边。江，沅江。一说指沧浪江。潭，

水深叫潭。

[4] 泽畔：湖边，此处指洞庭湖与湘江一带。

[5] 颜色：脸色。憔悴：神色疲惫。

[6] 形容：形体容貌。

[7] 三闾（lǘ）大夫：楚国官职名，屈原曾任此职。掌管教育楚国王族屈、景、昭三姓宗族子弟的事务。

[8] 是以见放：因此被放逐。是，这。以，因为。见，被。

[9] 淈（gǔ）：搅浑。《说文》："淈，浊也。从水，屈声。一曰滒泥，一曰水出貌。"

[10] 餔（bū）其糟：吃酒糟。此处指随波逐流。餔，吃。糟，酒糟。歠（chuò）：饮。《说文》："歠，饮也。" 釃（shī）：滤酒，斟酒。《说文》："釃，下酒也。"

[11] 高举：高出世俗的行为。在文中与"深思"都是渔父对屈原的批评，有贬意，故译为（在行为上）自命清高。举，举动。

[12] 自令放为：即"令自放为"。令，使。为，句末语气词，表反问。

[13] 沐：洗头。《说文》："沐，濯发也。"弹冠：弹去帽子上的灰尘。

[14] 浴：洗身体。《说文》："浴，洒（xǐ）身也。"洒，同"洗"。振衣：抖去衣服上的灰尘。

[15] 察察：皎洁的样子。

[16] 汶（mén）汶：污浊的样子。

[17] 皓皓：高洁的样子。

[18] 莞尔：微笑的样子。

[19] 鼓枻（yì）而去：划动着船桨而离开。鼓，拍打。枻，船桨。

[20] 沧浪：水名，汉水的支流，在湖北境内。或谓沧浪为水清澈的样子。

[21] 濯：洗。缨：系冠的带子，以二组系于冠，在颔下打结。

◇译文

屈原被流放之后，在江边游走，一边行走一边吟唱，他的脸色十分憔悴，形体容貌也消瘦了。渔父看见了就问他说：“您不是三闾大夫吗？为什么会沦落成这个样子？”屈原回答：“世人都混浊不堪，只有我一个人坚守清白，众人都沉醉其中，只有我一个人保持清醒，因此被放逐。”渔父问：“圣德的人不会被事物所束缚，而能够随着世俗变化而变化。既然世上的人都混浊不堪，你为什么不搅浑泥水扬起浊波呢？既然众人都醉了，你为什么不吃酒糟和薄酒呢？为什么要思虑那么多，还做出自命清高的样子，使自己被放逐呢？”屈原回答：“我听说：刚刚洗完头发的人一定会弹弹帽子上的灰尘，刚刚洗完澡的人一定会整理一下衣服。怎么能够让干净身躯，被污浊的东西沾染呢？我宁愿跳进湘江，葬身于江中的鱼腹中。怎么能让高洁清白之身，蒙上世俗的尘埃呢？”渔父听后微微一笑，摇着船桨离去。唱道：“沧浪的水多么清澈啊，可以洗濯我的帽带；沧浪的水多么混浊啊，可以洗濯我的双脚。”于是离去，不再和屈原说话。

远游

悲时俗之迫阨兮[1]，愿轻举而远游[2]。

质菲薄而无因兮[3]，焉托乘而上浮[4]。

遭沉浊而污秽兮，独郁结其谁语！

夜耿耿而不寐兮[5]，魂营营而至曙[6]。

惟天地之无穷兮，哀人生之长勤[7]。

往者余弗及兮，来者吾不闻。

步徙倚而遥思兮[8]，怊惝恍而乖怀[9]。

意荒忽而流荡兮[10]，心愁悽而增悲。

神倏忽而不反兮[11]，形枯槁而独留[12]。

内惟省以端操兮[13]，求正气之所由。

漠虚静以恬愉兮[14]，澹无为而自得[15]。

闻赤松之清尘兮[16]，愿承风乎遗则[17]。

贵真人之休德兮[18]，美往世之登仙。

与化去而不见兮[19]，名声著而日延。

奇傅说之托辰星兮[20]，羡韩众之得一[21]。

形穆穆以浸远兮[22]，离人群而遁逸[23]。

因气变而遂曾举兮[24]，忽神奔而鬼怪[25]。

时髣髴以遥见兮[26]，精皎皎以往来[27]。

绝氛埃而淑尤兮[28]，终不反其故都。

免众患而不惧兮，世莫知其所如[29]。

恐天时之代序兮[30]，耀灵晔而西征[31]。

微霜降而下沦兮，悼芳草之先零。

聊仿佯而逍遥兮[32]，永历年而无成[33]。

谁可与玩斯遗芳兮[34]，晨向风而舒情。

高阳邈以远兮，余将焉所程[35]。

◇注释

[1] 时俗：指世俗。迫阨（è）：困阻灾难。此处指嫉贤妒能。迫，胁迫。阨，灾难，危害。

[2] 轻举：轻身高举。指飞升成仙。远游：到远方游历。战国时期，神仙方术盛行。这种思想认为人飞升即能成仙，因而为了飞升就必须想办法轻身，多采取服药、辟谷、食气、导引等修炼方法来减轻体重，以便达到轻身高举的目的。仙人飞升后的主要活动就是远游，屈原这首《远游》实是一种神游，以精神遨游来消释现实的苦闷，开创了游仙诗的先河。

[3] 质菲薄：质性鄙陋。指先天素质不高，缺乏成仙的先天条件。质，质性，气质。菲薄，鄙陋。常用为自谦之词。

[4] 焉：何。托乘：寄托、乘载。指寄托于仙人的车乘而上游云天。

[5] 耿耿：不安的样子。

[6] 茕（qióng）茕：孤独无依的样子。

[7] 长勤：长久勤苦，指多艰。勤，劳倦，辛苦。

[8] 徙倚：徘徊不定。

[9] 怊（chāo）惝（chǎng）怳（huǎng）：惆怅失意的样子。乖怀：违背心愿，理想不能实现。乖，背离，违反。

[10] 荒忽：同“恍惚”，神思不定。流荡：游荡，无所依托。

[11] 倏忽：很快，忽然地。反：通“返”，回归。

[12] 枯槁：指消瘦，憔悴。

[13] 惟省（xǐng）：思考，思索。惟，想。省，察看。端操：端正操守。

[14] 漠虚静：此处指阴阳家要求正气者炼形归神的原则。漠，淡泊。虚静，不为物扰曰“虚静”。恬愉：安逸，愉快。

[15] 澹：通“淡”，恬淡，淡然。无为：顺应自然曰“无为”，这是道家为人的原则。

[16] 赤松：即赤松子，传说中的仙人，为神农时雨师。清尘：又作“清虚”，即清静虚无、恬愉自得的样子。这是道家所追求的境界，也是轻举远游所要求具备的心态。

[17] 承风：接受教化。

[18] 贵：崇尚，看重。真人：即仙人，道家称得道者曰“真人”。休德：美德。

[19] 化去：指仙去。道家认为修道者死后，留下形骸，魂魄散去变化成仙，即所谓尸解。

[20] 傅说（yuè）：殷高宗武丁的贤相。传说傅说死后，精魂乘星上天。

[21] 韩众：古代仙人名，即韩终。据说他是春秋齐人，为王采药，王不肯服，于是他自己服下成仙。一：即“道”，道家以“一”为天地万物之本。

[22] 穆穆：指宁静，静默。浸：渐渐。

[23] 遁逸：隐逸，指避世隐居。

[24] 气变：指人的精气变化。

[25] 忽：恍惚。神奔而鬼怪：指像鬼神出没那样不可捉摸。

[26] 髣（fǎng）髴（fú）：即“仿佛”，好像。

[27] 精：神灵。晈晈：明亮的样子。

[28] 绝：超过，远离。氛埃：指污浊之气、尘埃。淑尤：特别美善。王逸《楚辞章句》：“淑，善也；尤，过也；言行道修善过先祖也。”

[29] 如：往。

[30] 天时：指天道运行的规律。

[31] 耀灵：太阳。晔（yè）：光明的样子。

[32] 仿（páng）佯（yáng）：同“彷徉”，即彷徨、徜徉。

[33] 永历年：经过了很多年。

[34] 遗芳：零落的芳草。

[35] 程：效法。

◇译文

悲叹世俗使人遭受困阻灾难啊，想要飞升成仙到远方游历。

天资不高又没有机缘啊，如何能够寄托于仙人的车乘而上游云天。

生逢混浊的乱世里充满污秽啊，心中的抑郁苦闷又能向谁倾诉！

夜晚心事重重而不能入睡啊，灵魂孤独无依直到天亮。

想到天地是无穷无尽的啊，哀叹人生充满艰辛。

过去的人和事我不能赶上啊，未来的我也无法提前闻知。

步履徘徊不定思绪却游离很远啊，惆怅失意而违背心愿。

意识恍惚而无所依托啊，心中愁苦而更加悲伤了。

神思忽然地去而不返啊，只留下身形日渐憔悴。

内心反思察看以端正自己的操守啊，寻求天地正气的由来。

淡泊清静以求安逸自乐啊，恬淡无为而怡然自得。

听说赤松子清静虚无、恬愉自得啊，我愿意接受他的遗风的教化。

崇尚仙人的美德啊，羡慕古人可以飞升成仙。

仙去的形体虽然消失不见啊，名声却显著且一直流传。

惊奇傅说死后精魂乘星上天啊，羡慕韩众得道成仙。

形体静默而渐渐远去啊，离开人群去隐居。

凭着精气的变化而飞升上天啊，恍惚像鬼神出没那样不可捉摸。

有时候好像远远可以看见啊，明亮的神灵往来不停。

远离污浊之气而达到至善的境界啊，终身不返回故国。

摆脱那群奸佞不再畏惧啊，世人都不知道我要前往哪里。

担心天道运行四季更替啊，太阳闪耀着向西方落下。

薄薄的秋霜降落下来啊，哀悼芳香的花草最先凋谢枯萎。

姑且徜徉世间自由自在啊，经过了很多年却没有成就。

谁能够与我一起赏玩这零落的芳草啊，清晨迎着风舒展情怀。

古代的帝王高阳离我已经太久远啊，我将如何效法他呢。

重曰[36]：春秋忽其不淹兮[37]，奚久留此故居？

轩辕不可攀援兮[38]，吾将从王乔而娱戏[39]！

餐六气而饮沆瀣兮[40]，漱正阳而含朝霞[41]。

保神明之清澄兮[42]，精气入而粗秽除。

顺凯风以从游兮[43]，至南巢而壹息[44]。

见王子而宿之兮[45]，审壹气之和德[46]。

曰：道可受兮，不可传；

其小无内兮[47]，其大无垠；

无滑而魂兮[48]，彼将自然；

壹气孔神兮[49]，于中夜存；

虚以待之兮，无为之先；

庶类以成兮[50]，此德之门。

◇注释

[36] 重（chóng）：再、又。此处指乐章的歌节名称。

[37] 淹：滞留。

[38] 轩辕：古代传说中的帝王，即黄帝，姓公孙，居于轩辕之丘，故名轩辕。

[39] 王乔：古代仙人名，即王子乔。据说他是周灵王之子，故以王子为称，也叫王子晋。

[40] 六气：据道家之说，世上有天地四时六种精气，修炼者服食之即能成仙。《集注》："六气者，陵阳子明《经》言：'春食朝霞，日始欲出，赤黄气也；秋食沦阴，日没以后，赤黄气也；冬饮沆瀣，北方夜半气也；夏食正阳，南方日中气也；并天地玄黄之气，是为六气也。'"沆（hàng）瀣（xiè）：夜间的露水。

[41] 漱："欶"之借字。与"餐""饮"同义，吸吮。正阳：指六气中的南方日中之气。

[42] 神明：指人的精神。清澄：清澈。

[43] 凯风：南风。

[44] 南巢：南方古国名。

[45] 王子：即王乔。宿：留，止。

[46] 壹气：元气，纯一不杂之气。和德：指一种高妙的修养境界。《淮南子·原道》："无为言之二通乎德，恬愉无矜而得于和。"

[47] 内（nà）：同"纳"，容纳。

[48] 滑（gǔ）：紊乱。而：汝，你。

[49] 孔：甚，很。

[50] 庶类：指万物。

◇译文

又说：春去秋来匆匆而不停留啊，又何必长久停留在故地？

轩辕帝的圣德是我不能攀附的啊，我将跟随王子乔嬉戏娱乐！

吞食天地间的精气而啜饮夜间的露水啊，吸吮正阳之气而含着清晨的云霞。

保持精神的清澈啊，让精气进入身体除去污秽。

乘着南风四处游历啊，到了南巢国才稍作休息。

看见王子乔我暂且停留住啊，询问他获得元气的真谛。

王子乔说：道可以心领神会啊，不能用言语传达；

它小到不能再容纳任何东西啊，它大到没有边际；

不要扰乱你的神魂啊，它自然就会出现；

元气是非常神秘的啊，常常在半夜才存在；

请虚心等待着它啊，不要一开始就想着得到它；

万物都是这样生成的啊，这就是得道的法门。

闻至贵而遂徂兮[51]，忽乎吾将行。

仍羽人于丹丘兮[52]，留不死之旧乡。

朝濯发于汤谷兮[53]，夕晞余身兮九阳[54]。

吸飞泉之微液兮，怀琬琰之华英[55]。

玉色頩以脕颜兮[56]，精醇粹而始壮[57]。

质销铄以汋约兮[58]，神要眇以淫放[59]。

嘉南州之炎德兮[60]，丽桂树之冬荣。

山萧条而无兽兮，野寂漠其无人[61]。

载营魄而登霞兮[62]，掩浮云而上征[63]。

命天阍其开关兮[64]，排阊阖而望予[65]。

召丰隆使先导兮，问大微之所居[66]。

集重阳入帝宫兮，造旬始而观清都[67]。

◇注释

[51] 至贵：指最珍贵的语言。徂：往，指远游。

[52] 羽人：传说中羽化升天的仙人。丹丘：传说中的仙境，是神仙的居所。

[53] 濯：洗涤。

[54] 晞：暴晒。九阳：九个太阳。此处指太阳出入之地。传说中，旸谷有扶桑树，上有一个太阳，下有九个太阳，十个太阳轮流值班一天。

[55] 琬琰（yǎn）：泛指美玉。华英：精英，杰出者。

[56] 頩（pīng）：貌美。脕（wàn）颜：指颜容如玉。脕，光泽。

[57] 醇粹：纯而不杂。

[58] 质：形体。销铄：此处指减损消瘦。汋（chuò）约：同“绰约”，姿态柔美。

[59] 要眇：深远的样子。淫放：指洒脱不受拘束。

[60] 南州：南土，此处指楚国，远游的出发地。炎德：南方气候温暖，所以认为南方有炎德。

[61] 寂漠：空旷，寂静。

[62] 营魄：即魂魄。登霞：上升云层外。一作“登遐”，即远游。

[63] 掩：《章句》：“攀缘”。此处是乘着的意思。上征：向上飞升。

[64] 天阍（hūn）：天宫的看门人，又称“帝阍”。

[65] 阊（chāng）阖（hé）：天门。

[66] 大微：即“太微”，古代星官名。此处指天帝的南宫。

[67] 旬始：星宿名。清都：天宫名。传说中天帝居住的宫阙。

◇译文

听到了至理名言于是就前往啊，很快我就将远行。

跟随仙人到达丹丘仙境啊，留在这不死之乡。

清晨在旸谷洗濯我的秀发啊，傍晚在九阳之地晒干我的全身。

饮用飞泉中的美液啊，怀抱美玉中的精英。

容颜如美玉般光泽啊，精气纯而不杂并逐渐充沛。

形体日渐消瘦而显得姿态柔美啊，精神境界也逐渐深远而不受拘束。

赞美楚国的温暖啊，赞美桂树在冬天也依然绽放。

山林萧条而没有野兽啊，荒野寂静而没有人的踪迹。

载着魂魄登上云霞啊，乘着浮云而向上飞升。

命令帝阍打开天门啊，他推开天门而望着我。

我召来丰隆当我的先导啊，去访问太微所居住的地方。

登上九天进入天帝的宫殿游览啊，去造访旬始星并参观清都。

朝发轫于太仪兮[68]，夕始临乎微闾[69]。

屯余车之万乘兮，纷溶与而并驰。

驾八龙之婉婉兮，载云旗之逶蛇。

建雄虹之采旄兮[70]，五色杂而炫耀[71]。

服偃蹇以低昂兮，骖连蜷以骄骜[72]。

骑胶葛以杂乱兮[73]，斑漫衍而方行[74]。

撰余辔而正策兮，吾将过乎句芒[75]。

历太皓以右转兮[76]，前飞廉以启路。

阳杲杲其未光兮[77]，凌天地以径度。

风伯为余先驱兮，氛埃辟而清凉。

凤皇翼其承旂兮，遇蓐收乎西皇[78]。

擥慧星以为旍兮[79]，举斗柄以为麾[80]。

叛陆离其上下兮，游惊雾之流波。

时暧曃其曭莽兮[81]，召玄武而奔属[82]。

后文昌使掌行兮[83]，选署众神以并毂[84]。

路曼曼其修远兮，徐弭节而高厉。

左雨师使径侍兮，右雷公以为卫。

欲度世以忘归兮，意恣睢以担挢[85]。

内欣欣而自美兮，聊媮娱以自乐[86]。

涉青云以汎滥游兮[87]，忽临睨夫旧乡[88]。

仆夫怀余心悲兮，边马顾而不行。

思旧故以想像兮[89]，长太息而掩涕。

氾容与而遐举兮[90]，聊抑志而自弭[91]。

指炎神而直驰兮，吾将往乎南疑[92]。

览方外之荒忽兮，沛罔象而自浮[93]。

祝融戒而还衡兮[94]，腾告鸾鸟迎宓妃[95]。

张《咸池》奏《承云》兮[96]，二女御《九韶》歌[97]。

使湘灵鼓瑟兮，令海若舞冯夷[98]。

玄螭虫象并出进兮[99]，形蟉虬而逶蛇[100]。

雌蜺便娟以增挠兮[101]，鸾鸟轩翥而翔飞[102]。

音乐博衍无终极兮[103]，焉乃逝以俳佪。

舒并节以驰骛兮，逴绝垠乎寒门[104]。

轶迅风于清源兮[105]，从颛顼乎增冰[106]。

历玄冥以邪径兮[107]，乘间维以反顾。

召黔嬴而见之兮[108]，为余先乎平路。

经营四荒兮，周流六漠[109]。

上至列缺兮[110]，降望大壑。

下峥嵘而无地兮[111]，上寥廓而无天。

视倏忽而无见兮，听惝恍而无闻[112]。

超无为以至清兮[113]，与泰初而为邻[114]。

◇注释

[68] 太仪：太仪殿，天帝的宫廷。

[69] 微闾（lǘ）：神山名，又称医巫闾山，在东北方，盛产美玉。

[70] 旄（máo）：古代一种用牦牛尾装饰旗杆顶部的旗子。

[71] 炫燿（yào）：闪耀。燿，通“耀”。

[72] 骖：驾车时位于两边的马。连蜷：指形体长而四腿弯曲自如。骄骜：纵驰的样子。

[73] 胶葛：纠葛，交错杂乱。

[74] 斑：同“班”，队列。曼衍：绵绵不绝的样子。

[75] 句（gōu）芒：传说中东方木神之名。

[76] 太皓：同“太皞”，传说中东方上帝之名。

[77] 杲（gǎo）杲：明亮的样子。

[78] 蓐（rù）收：金神之名，传说中西方上帝少昊之子。西皇：即少昊，传说中的西方之神。

[79] 旍（jīng）：同“旌”，旗帜。

[80] 斗柄：指北斗七星的第五、六、七颗星，因形如斗柄，故名。麾：军中指挥进退的旗帜。

[81] 暧（ài）曃（dài）：昏暗不明的样子。曭（tǎng）莽：不明亮，指天色渐暗。

[82] 玄武：北方之神，为龟蛇合体。二十八宿中北方七宿的总称。

[83] 文昌：星宿名。共六星，在斗魁之前，形成半月状。

[84] 选署：选择安置。并毂：指相并而行。毂，车毂。

[85] 恣睢：自在无拘束的样子。担（jiē）挢（jiǎo）：高举。担，同“揭”。

[86] 媮（yú）：同“愉”。

[87] 汎滥：浮游不定的样子。

[88] 临睨：俯视，俯瞰。旧乡：故乡。

[89] 想像：想念其形象。指想念，回忆。

[90] 氾容：任意徘徊。氾，同“泛”。遐举：高升。

[91] 自弭：自我宽解，自我安慰。

[92] 南疑：南方的九嶷山。

[93] 罔象：犹云汪洋。

[94] 祝融：南方火神之名。

[95] 腾告：传告。

[96] 咸池：尧时乐曲名。承云：黄帝时乐曲名。

[97] 二女：舜帝的两位妃子娥皇、女英，她们是尧帝的女儿。九韶：舜帝命咸黑所作的乐曲。

[98] 海若：海神。冯夷：河伯，黄河之神。

[99] 玄螭（chī）：古代传说中一种红黑色没有角的龙。虫象：水中的神物。

[100] 蟉（liú）虬（qiú）：屈曲盘绕的样子。

[101] 便（pián）娟：轻盈美好的样子。增挠：层层缠绕。

[102] 轩翥（zhù）：高高地飞。翥，举。

[103] 博衍：形容音乐声舒缓悠扬。

[104] 逴（chuō）：远。绝垠：指天边。寒门：神话中的北极之山。

[105] 轶：穿过，超过。清源：传说中八风之府。此处指奔驰之速，超越疾风而至其源。

[106] 增冰：指层冰。亦指冰山。

[107] 玄冥：北方水神。

[108] 黔嬴：造化之神。

[109] 六漠：即“六幕”“六合”，指天地四方。

[110] 列缺：即“裂缺”，指天之间隙。闪电的代称，古人认为闪电出自天的间隙。

[111] 峥嵘：深远的样子。

[112] 惝（chǎng）怳（huǎng）：形容听起来模糊不清。

[113] 至清：道家术语，至虚静之境。

[114] 泰初：即太初。道家认为，“道”是无形无象的混沌状态的精气。太初就是精气产生之初，即“道”出现时最初的境界。

◇译文

清晨从天宫的太仪殿出发啊，傍晚到达了医巫闾山。

聚集了我的上万乘的车驾啊，从容地并驾前行。

驾着八匹龙马缓缓而行啊，载着云旗随风飞舞。

竖起用牦牛尾装饰旗杆画有雄虹的彩旗啊，五彩缤纷十分闪耀。

中间的服马高大矫健或低或昂啊，两边的马四腿弯曲自如纵情奔驰。

车马之间交错杂乱啊，队列绵绵不绝地并行。

抓紧缰绳握紧马鞭啊，我将越过那东方的神木句芒。

经过太皓向右转弯啊，前方有飞廉开路。

明亮的太阳尚未发出光芒啊，超越天地径直向前。

风神为我做开路的先驱啊，扫荡尘埃迎来清凉。

凤凰展翅连接着云旗啊，在西方之神少昊那里遇到了蓐收。

摘下彗星作为旌旗啊，举起北极星的斗柄来指挥。

色彩绚丽繁杂上下闪耀啊，在云海波涛中漫游。

天色渐渐昏暗啊，我便叫来玄武跟随陪伴。

让文昌在车后为我执掌行程啊，安排众神并驾前行。

前方的路途多么遥远而漫无边际啊，我缓缓驾车奔向云天。

左边让雨师径直侍奉啊，右边让雷公随行护卫。

想要超越凡世而忘却归去啊，放纵心志而高举。

内心欣喜而自以为美好啊，姑且偷偷自娱自乐。

飞越云层漫游而浮游不定啊，忽然俯瞰到了我的故乡。

车夫感怀到我内心的悲伤啊，两边的马也频频回头不肯前进。

思念故乡想象着他们的形象啊，我长长地叹息而掩面哭泣。

任意徘徊着慢慢高举啊，姑且抑制住心中的情感而自我宽慰。

朝着火神径直奔驰而去啊，我将要前往南方的九嶷山。

游览世外的遥远与荒诞啊，仿佛在汪洋大海里漂浮。

火神祝融劝诫我调转车头回去啊，我告诉鸾鸟去迎接宓妃。

安排《咸池》之乐、弹奏《承云》之曲啊，娥皇、女英演奏《九韶》之歌。

让湘水之神鼓瑟啊，命令海神与河神共舞。

黑龙与水怪一齐进出啊，它们屈曲盘绕婉转自如。

副虹轻盈层层缠绕啊，鸾鸟高高地飞翔起舞。

音乐舒缓悠扬没有终止啊，于是我就离开而游走徘徊。

放开缰绳任由马儿奔驰啊，奔向那远在天边的北极之山。

超越疾风到了清源之地啊，跟随颛顼到了冰山。

游历北方水神的崎岖小路啊，在天地间顾盼。

召来造化之神黔雷相见啊，为我将先行的道路铺平。

往来于四方荒凉之地啊，周游一遍天地四方。

向上直至天地的间隙啊，向下俯瞰着辽阔的沟壑。

下面深远而看不见大地啊，上面辽阔而看不见天边啊。

视线恍恍惚惚什么也看不见啊，听觉模模糊糊什么也听不清。

超越无为达到清静的境界啊，和太初的境界就很接近了。

招魂[1]

朕幼清以廉洁兮[2]，身服义而未沬[3]。

主此盛德兮[4]，牵于俗而芜秽[5]。

上无所考此盛德兮[6]，长离殃而愁苦[7]。

帝告巫阳曰[8]：“有人在下[9]，我欲辅之[10]。

魂魄离散，汝筮予之[11]！”

巫阳对曰：“掌梦[12]，上帝其难从。”

“若必筮予之[13]，恐后之谢，不能复用巫阳焉。”

◇注释

[1] 招魂：召唤死者的灵魂。“招魂”是古代的一种丧礼，也叫“复”。即将死者的尸体安置好后，拿着死者的衣物登上屋顶，向北高呼其名，以期死者的魂魄返回于衣，然后再将衣物覆盖在死者的身上。《招魂》一说为宋玉招屈原魂。一说为屈原招楚怀王魂。

[2] 朕：我，自称。

[3] 服：践行。沬（mèi）：昏暗不明。此处指消减。

[4] 主：持，坚守。

[5] 牵：牵制。芜秽：此处指颠倒混乱的社会环境。

[6] 上：上天。一说指楚王。

[7] 离：通“罹”，遭遇。殃：祸患。

[8] 帝：上帝。巫阳：古代传说中的女巫，名阳，为神医。

[9] 人：指楚王。

[10] 辅：辅助，辅佐。

[11] 筮予之：通过卜筮知道魂魄在哪里后，使魂魄返还其身体。

[12] 掌梦：掌管占梦的神巫。

[13] 若：你，指巫阳。

◇**译文**

我从小就清廉高洁啊，亲身践行道义而不消减。

坚守这大德啊，却受到世俗的牵制而埋没在污秽中。

君王不能考察我的大德啊，长期遭受祸患而愁闷悲苦。

天帝告诉女巫阳说：“有贤明的君王在下界，我想要辅佐他。

魂魄就要离开散去，你可以通过卜筮为他还魂！”

女巫阳回答说：“我掌管占梦，天帝的命令我也难以遵从。”

“你必须卜筮为他还魂，恐怕晚了就散了，到时候再任用你也无济于事了。”

乃下招曰[14]：魂兮归来！

去君之恒干，何为四方些[15]？

舍君之乐处，而离彼不祥些！

魂兮归来！东方不可以托些[16]。

长人千仞[17]，惟魂是索些。

十日代出，流金铄石些。

彼皆习之，魂往必释些。

归来兮！不可以托些。

魂兮归来！南方不可以止些。

雕题黑齿[18]，得人肉以祀，以其骨为醢些[19]。

蝮蛇蓁蓁[20]，封狐千里些[21]。

雄虺九首，往来倏忽，吞人以益其心些[22]。

归来兮！不可以久淫些[23]。

魂兮归来！西方之害，流沙千里些。

旋入雷渊[24]，爢散而不可止些[25]。

幸而得脱[26]，其外旷宇些。

赤蚁若象，玄蜂若壶些[27]。

五谷不生，藂菅是食些[28]。

其土烂人，求水无所得些。

彷徉无所倚，广大无所极些。

归来兮！恐自遗贼些[29]。

魂兮归来！北方不可以止些。

增冰峨峨[30]，飞雪千里些。

归来兮！不可以久些。

魂兮归来！君无上天些。

虎豹九关[31]，啄害下人些。

一夫九首，拔木九千些。

豺狼从目[32]，往来侁侁些[33]；

悬人以娭[34]，投之深渊些。

致命于帝[35]，然后得瞑些。

归来！往恐危身些。

魂兮归来！君无下此幽都些[36]。

土伯九约[37]，其角觺觺些[38]。

敦脄血拇[39]，逐人駓駓些[40]。

参目虎首[41]，其身若牛些。

此皆甘人[42]，归来！恐自遗灾些。

魂兮归来！入修门些[43]。

工祝招君[44]，背行先些[45]。

秦篝齐缕[46]，郑绵络些[47]。

招具该备[48]，永啸呼些[49]。

魂兮归来！反故居些[50]。

天地四方，多贼奸些[51]。

像设君室[52]，静闲安些。

高堂邃宇，槛层轩些[53]。

层台累榭，临高山些。

网户朱缀[54]，刻方连些[55]。

冬有突厦[56]，夏室寒些。

川谷径复[57]，流潺湲些。

光风转蕙，氾崇兰些[58]。

经堂入奥[59]，朱尘筵些[60]。

砥室翠翘[61]，挂曲琼些[62]。

翡翠珠被，烂齐光些[63]。

蒻阿拂壁[64]，罗帱张些[65]。

纂组绮缟[66]，结琦璜些[67]。

室中之观，多珍怪些。

兰膏明烛[68]，华容备些[69]。

二八侍宿，射递代些[70]。

九侯淑女[71]，多迅众些[72]。

盛鬋不同制[73]，实满宫些。

容态好比[74]，顺弥代些[75]。

弱颜固植[76]，謇其有意些[77]。

姱容修态[78]，絙洞房些[79]。

蛾眉曼睩[80]，目腾光些。

靡颜腻理[81]，遗视矊些[82]。

离榭修幕，侍君之闲些。

翡帷翠帐，饰高堂些。

红壁沙版，玄玉梁些。

仰观刻桷[83]，画龙蛇些。

坐堂伏槛，临曲池些。

芙蓉始发，杂芰荷些[84]。

紫茎屏风[85]，文缘波些[86]。

文异豹饰[87]，侍陂陁些[88]。

轩辌既低[89]，步骑罗些。

兰薄户树[90]，琼木篱些。

魂兮归来！何远为些？

室家遂宗[91]，食多方些[92]。

稻粢穱麦[93]，挐黄粱些[94]。

大苦醎酸，辛甘行些[95]。

肥牛之腱[96]，臑若芳些。

和酸若苦，陈吴羹些[97]。

胹鳖炮羔[98]，有柘浆些[99]。

鹄酸臇凫[100]，煎鸿鸧些。

露鸡臛蠵[101]，厉而不爽些[102]。

粔籹蜜饵[103]，有餦餭些[104]。

瑶浆蜜勺[105]，实羽觞些[106]。

挫糟冻饮[107]，酎清凉些。

华酌既陈，有琼浆些。

归来反故室，敬而无妨些。

肴羞未通，女乐罗些。

陈钟按鼓，造新歌些。

《涉江》《采菱》[108]，发《扬荷》些。

美人既醉，朱颜酡些[109]。

娭光眇视[110]，目曾波些[111]。

被文服纤[112]，丽而不奇些。

长发曼鬋，艳陆离些。

二八齐容[113]，起郑舞些。

衽若交竿[114]，抚案下些。

竽瑟狂会，搷鸣鼓些[115]。

宫庭震惊，发《激楚》些[116]。

吴歈蔡讴[117]，奏大吕些[118]。

士女杂坐，乱而不分些。

放陈组缨[119]，班其相纷些。

郑卫妖玩[120]，来杂陈些。

《激楚》之结，独秀先些。

菎蔽象棋[121]，有六簙些[122]。

分曹并进，遒相迫些。

成枭而牟[123]，呼五白些[124]。

晋制犀比[125]，费白日些。

铿钟摇簴[126]，揳梓瑟些[127]。

娱酒不废，沉日夜些。

兰膏明烛，华镫错些。

结撰至思[128]，兰芳假些。

人有所极[129]，同心赋些。

酎饮尽欢，乐先故些。

魂兮归来！反故居些。

◇注释

[14] 乃：于是。

[15] 些（suò）：楚语中常用的句末助词，与“兮”类似。

[16] 托：寄托。

[17] 长人：神话传说中的巨人族。

[18] 雕题黑齿：在额头上刻画花纹，将牙齿染成黑色。此处指南方少数民族。题，额头。

[19] 以其骨为醢：与“得人肉以祀”疑为一种杀人祭祀的风俗。

[20] 蓁（zhēn）蓁：树木丛生的样子。此处指积聚。

[21] 封狐：大狐。

[22] 益：补益。

[23] 淫：淹留。

[24] 雷渊：神话中的水名。

[25] 靡（mǐ）：同“靡”，粉碎。

[26] 幸：侥幸。

[27] 壶：通“瓠”，葫芦。

[28] 藂（cóng）：同“丛”，聚集。菅（jiān）：即菅草，茅草。

[29] 贼：残害。

[30] 增（céng）：通“层”。峨峨：高耸的样子。

[31] 九关：指九重天门。

[32] 从（zòng）：通“纵”，直。

[33] 侁（shēn）侁：众多的样子。

[34] 悬人：将人悬吊起来。

[35] 致命：复命。致，传达，回复。

[36] 幽都：神话传说中阴间鬼神统治的都城，暗无天日，故称“幽都”。

[37] 土伯：即土地神，神话传说中为地下魔怪之王。约：屈曲。

[38] 觺（yí）觺：尖利的样子。

[39] 敦脄（meí）：厚实的背肉。血拇：沾满血的爪。

[40] 駓（pī）駓：跑得很快的样子。

[41] 参：同“三”。

[42] 甘人：以食人肉为甘美。

[43] 修门：高大的城门。此处指郢都的城门。

[44] 工祝：擅长祭祀的巫师。祝，男巫。

[45] 背行：倒退着走。

[46] 秦篝：秦国出产的竹笼，用以盛被招者的衣物。齐缕：齐国出产的丝线，用以装饰“篝”。

[47] 郑绵络：郑国出产的丝织品，用作“篝”上遮盖。绵，同“缗”，细线。

[48] 招具：招魂用品，即前文中的“秦篝”“齐缕”“郑绵络”等。该备：完备。

[49] 永啸呼：指招魂者长声呼唤被招者的名字。永，长。

[50] 反：同“返”。

[51] 贼奸：危害，险恶，即上文所陈说的害人、怖人之物。

[52] 像：指被招魂者的遗像。朱熹《集注》：“楚俗人死则设其形貌于室而祠之也。”

[53] 槛：栏杆。轩：建筑物的上层结构部分。

[54] 网户：在门上刻镂网状的格子。朱缀：在格子上涂红色。

[55] 方连：连成串的菱形图案。

[56] 突（yào）：幽深。

[57] 径：直。复：曲，指川谷水流曲折。

[58] 崇：通“丛”，积聚。

[59] 奥：内室。

[60] 筵：竹席。

[61] 砥室：指地面、墙壁都平滑光亮的屋子。砥，质地细的磨刀石。翠翘：翠鸟尾上的羽毛。

[62] 曲琼：玉钩。

[63] 齐光：交相辉映。

[64] 蒻（ruò）：一种蒲草。此处指蒲席。阿：轻细的丝织物。

[65] 帱（chóu）：床帐。

[66] 纂：红色的丝带。组：五色的丝带。绮：带花纹的丝织品。缟：白色的丝织品。

[67] 琦璜：美玉。璜，一种玉器，形状像璧的一半。

[68] 兰膏：用兰草炼的油脂。

[69] 华容：即“华灯”，装饰花纹的灯具。

[70] 射（yì）：厌倦。递代：依次更替。

[71] 九侯：泛指列国诸侯。

[72] 多迅众：盛多。

[73] 盛鬋（jiǎn）：浓密的鬓发。鬋，下垂的鬓发。制：鬓发梳结的样式。

[74] 比：并。

[75] 顺：通“洵”，确实，诚然。弥代：盖世。

[76] 弱颜：容貌柔嫩。固植：内心坚定。

[77] 謇：发语词。

[78] 姱容：美好的容貌。修态：美好的仪态。

[79] 絙（gèn）：接连，贯通。洞房：指内室。

[80] 睩（lù）：眼睛明亮。

[81] 靡：细致。腻：滑润，细腻。理：肌理。

[82] 矊（mián）：眼睛含情脉脉的样子。

[83] 桷（jué）：方的椽子。

[84] 芰（jì）荷：菱叶与荷叶。

[85] 屏风：即水葵，一种水生植物。

[86] 文：同“纹”，指波纹。

[87] 文异：文彩奇异。豹饰：以豹皮为服饰。

[88] 陂（bēi）陁（tuó）：倾斜不平的样子。

[89] 轩：古代大夫以上乘坐的车。辌（liáng）：辒辌，可以卧息的车，也作丧车。低：通“抵”，到达。

[90] 薄：草木丛生的样子。户树：在门前种植。

[91] 宗：指聚集一起祭祀。

[92] 多方：多种多样。

[93] 粢（zī）：稷米，古代供祭祀用的谷物。穱（zhuō）：早熟的麦。

[94] 挐（rú）：杂糅。黄粱：黄小米。

[95] 辛：辣。行：用。

[96] 腱（jiàn）：蹄筋。

[97] 吴羹：吴地浓汤。

[98] 胹（ér）：煮。炮：烧烤。

[99] 柘（zhè）浆：甘蔗汁。

[100] 鹄酸：即“酸鹄”，用酸的调料烹饪鹄肉。臇(juǎn）凫：用少汁的羹烹饪凫肉。

[101] 露：疑为“烙”之借字。

[102] 厉：浓烈。爽：败、伤。

[103] 粔籹（jù nǚ）：用蜜和面粉制成的环状饼。饵：糕。

[104] 餦餭（zhāng huáng）：即麦芽糖，也叫饴糖。

[105] 勺：通“酌”。

[106] 羽觞：古代一种刻有鸟雀羽纹的酒器。

[107] 挫糟：挤压去除酒糟。冻饮：指冰镇的酒。

[108]《涉江》《采菱》：古代楚地歌曲名。

[109] 酡（tuó）：酒后脸发红。

[110] 娭光：含笑撩人的目光。

[111] 曾：通“层”。

[112] 纤：细软的服饰。

[113] 齐容：指妆容打扮一样。

[114] 交竿：衣襟相钩连，像交叉的竹竿。

[115] 搷（tián）：用力打，急击。

[116]《激楚》：古代楚地歌曲名。

[117] 吴歈（yú）：吴地之歌。蔡讴：蔡地之歌。

[118] 大吕：乐调名，六律之一。

[119] 组：丝带。缨：系冠的带子。

[120] 妖玩：指妖娆的女子。

[121] 菎（jùn）蔽：一种饰玉的赌博筹码。菎，同“琨”，美玉。象棋：用象牙制作的棋子。

[122] 六簙（bó）：古代的一种棋戏。二人对局，用六根箸，十二个棋子进行。簙，通“博”。

[123] 枭：博戏术语。牟：通“侔”，势均力敌。

[124] 呼五白：此处指得胜。

[125] 犀比：用犀牛角制作的赌具。

[126] 簴（jù）：古代悬挂编钟、编磬的木架上的立柱。

[127] 揳（xiē）：弹奏。梓瑟：梓木制作的瑟。

[128] 结撰：构思撰写。至思：尽心思考。

[129] 极：极至。此处指极度快乐。

◇译文

于是下界招魂说：灵魂啊回来！

为什么离开你的躯干，四处游荡啊？

舍弃你的乐土，而遭受那些灾祸啊！

灵魂啊回来！东方是不能寄托的啊！

巨人族有千仞高，专门索取灵魂啊。

十个太阳交替出来，金属和石头都被熔化啊。

他们都习惯了，灵魂前去必然消散啊。

回来吧！南方不能止息啊。

在额头上刻画花纹，将牙齿染成黑色，杀人祭祀，用人骨头做酱啊。

毒蛇积聚，大狐驰骋千里啊。

九个头的雄蛇，来往迅速，吞噬人来满足它的欲望啊。

回来吧！不能长久地停留啊。

灵魂啊回来！西方的凶险，是方圆千里的流沙啊。

陷入雷渊，被碾成碎末也不会停止啊。

即便侥幸逃脱了，它的周围也是辽阔的荒野啊。

红色的蚂蚁像大象一般大，黑色的土蜂像葫芦一样啊。

五谷不能生长，只能以丛生的茅草为食啊。

它的土地能蒸熟人，想要找水源是不能找到的啊。

彷徨而没有依靠，广袤而没有边际啊。

回来吧！恐怕你留下会遭遇残害啊。

灵魂啊回来！北方不能停留啊。

层层冰山高耸，飘飞的冰雪绵延千里啊。

回来吧！不要再耽搁了啊。

灵魂啊回来！你不要飞上天空啊。

有虎豹保守着九重天门，吞噬伤害下界的人啊。

有一个怪物长着九个脑袋，能拔掉九千棵树木啊。

豺狼瞪直了眼睛，来来往往片刻不停啊；

将人悬吊起来戏弄，再扔进深渊里啊。

向天帝传达命令，之后才能打个瞌睡啊。

回来！去了恐怕要陷入危险啊。

灵魂啊回来！你不要下到阴间的幽都啊。

土伯的身形弯弯曲曲，他的角尖利无比啊。

厚实的背肉，沾满血的爪子，追逐人跑得非常快啊。

三只眼睛老虎的头，他的身形像牛一样啊。

他们都以食人肉为甘美，回来！恐怕要自受其害啊。

灵魂啊回来！从郢都的城门进入啊。

擅长祭祀的男巫为你招魂，倒退着做你的先导啊。

秦国的竹笼齐国的丝线，郑国的丝织品制作的灵幡啊。

招魂的用品都完备了，招魂者长声呼唤啊。

灵魂啊回来！回到故乡吧。

天地四方，有很多险恶啊。

你的遗像被安放在中堂，安静而闲适啊。

厅堂高大，屋宇深邃，层层的栏杆与曲折的回廊啊。

层层高台和台上的高屋，是依傍着高山建成的啊。

在门上刻镂网状的格子，在格子上涂红色，刻着连成串的菱形图案啊。

冬天有幽深的大屋，夏天室内寒凉啊。

川谷水流曲折，水声潺潺啊。

晴风吹动着蕙草，积聚的兰草随风摇动啊。

穿过厅堂进入内室，有红色隔尘的竹席啊。

光亮的屋子装饰着翠鸟的羽毛，还有悬挂衣物的玉钩啊。

绣着翡翠鸟的被子缀着明珠，多么光辉灿烂啊。

蒲席、丝帛蒙着墙壁，张设有蚕丝制作的床帐啊。

红色的、五彩的、带花纹的、白色的丝带，缀结着各种美玉啊。

屋内的陈设，多是罕见的珍宝啊。

兰草炼制的油脂点亮蜡烛，还设置了装饰花纹的灯具啊。

妙龄女子服侍起宿，看厌了就依次更换啊。

列国诸侯进献的美女，多得数不过来啊。

浓密的鬓发梳结着不同的样式，充满了宫廷啊。

容貌仪态都那么美好，确实盖世无双啊。

容貌柔嫩内心坚定，她们都情意绵绵啊。

美丽的容貌曼妙的姿态，不断地充满内室啊。

高高的眉毛曼妙的眼神，目光荡漾啊。

精致的容颜细腻的肌肤，含情脉脉地凝视啊。

宫外的别馆，修长的帐幕，陪伴你在闲暇时游乐啊。

装饰翡翠羽毛的帷帐，挂在高大的厅堂中啊。

涂红色的墙壁，涂朱砂的户版栏杆，黑玉装饰的屋梁啊。

抬头看方的椽子，画有龙蛇的图案啊。

坐在厅堂中凭栏眺望，对面就是曲池啊。

荷花刚刚开放，菱叶与荷叶相间啊。

紫色茎株的水葵，水波层层荡漾啊。

侍从们穿着文彩奇异有豹纹的服饰，在水岸边侍候啊。

轩车、卧车到达后，徒步、骑马的侍从纷纷罗列聚集啊。

丛生的兰花在门前种植，用玉树作为篱笆啊。

灵魂啊回来！为什么要去遥远危险的地方啊？

宗族们聚集在一起祭祀，摆放着多种多样的美食啊。

稻谷、稷米、早麦，杂糅着黄小米啊。

苦的、咸的、酸的，调和着辣的、甜的啊。

肥美的牛蹄筋，煮熟后香味扑鼻啊。

调和着酸的和苦的，陈列出吴地的羹汤啊。

蒸煮龟鳖烧烤羔羊，一并浇上甘蔗汁啊。

用酸的调料烹饪天鹅，用少汁的羹烹饪野鸭，煎制大雁鸧鹄啊。

烧烤鸡肉煎煮蠵龟，香味浓烈而不易变质啊。

有用蜜和面粉制作的饼和蘸着蜜的糕，还有麦芽糖啊。

美酒和蜜制的甜酒，倒满了有鸟雀羽纹的酒器啊。

挤压去除酒糟将美酒冰镇，味道甘醇而清冽啊。

华美的酒器已经陈列出来了，还有美酒啊。

回来返回到从前居住的地方，众人恭敬而没有违和感啊。

佳肴美味还没有上齐，舞女乐队已经罗列等候啊。

演奏《涉江》《采菱》，还有《扬荷》啊。

美人已经醉酒，双颊微微发红啊。

含笑撩人的目光偷偷注视，目送秋波传情啊。

身披带有花纹的细软服饰，华丽而不怪异啊。

长发飘飘，光艳照人啊。

十六位舞女装束一致，翩翩跳起郑舞啊。

舞动的衣襟相互钩连，跟随着节拍缓缓行进啊。

吹竽鼓瑟会聚一堂，急击鼓面鼓声震天啊。

宫殿内满座皆震惊不已，只因高奏《激楚》啊。

吴地之歌、蔡地之歌合唱，弹奏着大吕的调式啊。

男男女女混坐在一起，没有礼教的束缚而不分彼此啊。

解下帽带，随意乱放在一起啊。

郑地、卫地妖娆的女子啊，混坐在其中啊。

《激楚》的舞女发髻，十分独特秀美啊。

菎蔽和象牙棋子，还有对局的六簙啊。

两两对局齐头并进，不断地相互迫近啊。

双方成枭棋而势均力敌时，突然高呼五白啊。

晋地用犀牛角制作的赌具聚集在一处，连续多日不能停止啊。

钟声铿锵簴摇晃，轻抚梓木制作的琴瑟啊。

饮酒娱乐不停止，日日夜夜沉迷其中啊。

兰花制成的膏油燃着明亮的蜡烛，华丽的灯具斑驳交错啊。

尽心思考，构思撰写，用兰草的芳洁借喻自身啊。

众人已经极度快乐，一心一意地赋歌颂扬啊。

饮用美酒尽情欢乐，娱乐祖先故人啊。

灵魂啊回来！回到你的故乡啊。

乱曰：献岁发春兮[130]，汩吾南征，

菉苹齐叶兮白芷生[131]。

路贯庐江兮左长薄[132]，

倚沼畦瀛兮遥望博[133]。

青骊结驷兮齐千乘[134]，

悬火延起兮玄颜烝[135]。

步及骤处兮诱骋先[136]，

抑骛若通兮引车右还。

与王趋梦兮课后先[137]。

君王亲发兮惮青兕[138]，

朱明承夜兮时不可以淹[139]。

皋兰被径兮斯路渐[140]。

湛湛江水兮上有枫[141]，

目极千里兮伤春心。

魂兮归来哀江南[142]！

◇注释

[130] 献岁：进入了新的一年。献，进。

[131] 菉：草名，又名王刍。蘋：即“苹”，一种水草。

[132] 庐江：洪兴祖《楚辞补注》：“庐江出陵阳东南，北入江。”

[133] 倚：沿着。瀛：湖泽。博：平，广阔，指旷野。

[134] 青骊（lí）：青黑色的马。

[135] 悬火：焚林驱兽的火把。玄颜：黑暗的天色。

[136] 步：徐行。骤：奔驰。处：歇止。

[137] 梦：指云梦泽。

[138] 兕（sì）：古代传说中的瑞兽，外形像犀牛。

[139] 朱明：指太阳。

[140] 渐（jiān）：淹没，遮没。

[141] 湛湛：水深的样子。

[142] 江南：长江以南楚国土地。

◇译文

结语：新的一年又开始了啊，我将匆匆南下。

王刍、蘋草长齐了叶子啊白芷茂盛。

路上经过庐江啊左边是高高的树林，

沿着沼泽田地的湖泽啊远远地望着旷野。

青黑色的马儿结成驷驾啊整整齐齐有上千乘，

焚林驱兽的火把绵延啊照亮黑暗的天色。

或徐行或奔驰或歇止啊在前方引导，

或进或止顺畅自如啊指挥着车驾右转而还。

与楚王在云梦狩猎啊比较先后。

君王亲自狩猎啊猎杀了祥瑞的青兕。

太阳破晓啊时光不能停留。

水岸边的兰草布满了小路啊淹没了这条小路。

清澈的江水啊高处有枫树，纵目千里啊因春天的来临而感伤。

灵魂啊回来哀叹这南方的楚地!